共和国故事

教育兴国

——第一次全国教育工作会议召开

陈秀伶　编写

吉林出版集团股份有限公司

图书在版编目（CIP）数据

教育兴国：第一次全国教育工作会议召开/陈秀伶编. —

长春：吉林出版集团股份有限公司，2009.12

（共和国故事）

ISBN 978-7-5463-1723-6

Ⅰ．①教… Ⅱ．①陈… Ⅲ．①纪实文学－中国－当代 Ⅳ．①I25

中国版本图书馆 CIP 数据核字（2009）第 237305 号

教育兴国——第一次全国教育工作会议召开

JIAOYU XINGGUO　　　DI YI CI QUANGUO JIAOYU GONGZUO HUIYI ZHAOKAI

编写　陈秀伶

责任编辑　祖航　李娇

出版发行　吉林出版集团股份有限公司

印刷　三河市嵩川印刷有限公司

版次　2010 年 1 月第 1 版　　　　　2022 年 1 月第 12 次印刷

开本　710mm×1000mm　1/16　　　印张　8　字数　69 千

书号　ISBN 978-7-5463-1723-6　　　定价　29.80 元

社址　吉林省长春市福祉大路 5788 号

电话　0431－81629968

电子邮箱　tuzi8818@126.com

版权所有　翻印必究

如有印装质量问题，请寄本社退换

前　言

　　自1949年10月1日中华人民共和国成立至今,新中国已走过了60年的风雨历程。历史是一面镜子,我们可以从多视角、多侧面对其进行解读。然而有一点是可以肯定的,那就是,半个多世纪以来,在中国共产党的领导下,中国的政治、经济、军事、外交、文化、教育、科技、社会、民生等领域,都发生了深刻的变化,中国人民站起来了,中华民族已屹立于世界民族之林。

　　60年是短暂的,但这60年带给中国的却是极不平凡的。60年的神州大地经历了沧桑巨变。从开国大典到60年国庆盛典,从经济战线上的三大战役到经济总量居世界第三位,从对农业、手工业、资本主义工商业的三大改造到社会主义市场经济体制的基本确立,从宜将剩勇追穷寇到建立了强大的国防军,从废除一切不平等条约到独立自主的和平外交政策,从"双百"方针到体制改革后的文化事业欣欣向荣,从扫除文盲到实施科教兴国战略建设新型国家,从翻身解放到实现小康社会,凡此种种,中国人民在每个领域无不留下发展的足迹,写就不朽的诗篇。

　　60年的时间在历史的长河中可谓沧海一粟。其间究竟发生了些什么,怎样发生的,过程怎样,结果如何,却非人人都清楚知道的。对此,亲身经历者或可鲜活如昨,但对后来者来说却可能只是一个概念，对某段历史的记忆影像或不存在，或是模糊的。基于此，为了让年轻人，特别是青少年永远铭记共和国这段不朽的历史，我们推出了这套《共和国故事》。

《共和国故事》虽为故事，但却与戏说无关，我们不过是想借助通俗、富于感染力的文字记录这段历史。在丛书的谋篇布局上，我们尽量选取各个时代具有代表性或深具普遍意义的若干事件加以叙述，使其能反映共和国发展的全景和脉络。为了使题目的设置不至于因大而空，我们着眼于每一重大历史事件的缘起、过程、结局、时间、地点、人物等，抓住点滴和些许小事，力求通透。

历史是复杂的，事态的发展因素也是多方面的。由于叙述者的视角、文化构成不同，对事件的认知或有不足，但这不会影响我们对整个历史事件的判断和思考，至于它能否清晰地表达出我们编辑这套书的本意，那只能交给读者去评判了。

这套丛书可谓是一部书写红色记忆的读物，它对于了解共和国的历史、中国共产党的英明领导和中国人民的伟大实践都是不可或缺的。同时，这套丛书又是一套普及性读物，既针对重点阅读人群，也适宜在全民中推广。相信它必将在我国开展的全民阅读活动中发挥大的作用，成为装备中小学图书馆、农家书屋、社区书屋、机关及企事业单位职工图书室、连队图书室等的重点选择对象。

编　者
2010 年 1 月

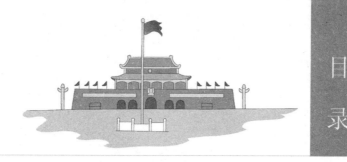

一、 教育部成立

- 马叙伦深情地表示："胜利给我们带来了新的复杂而艰巨的任务。我们自然是很愉快地接受这一光荣任务。"

- 马叙伦接着指出："这种新教育和旧教育是性质上完全相反的东西，是势不两立的。因此，我们对于旧教育不能不做根本的改革。"

- 最后，马叙伦坚定地指出："我们新教育的前程是无限光辉与远大的。"

任命马叙伦为教育部长

1949 年 10 月 19 日，在中南海的勤政殿里，毛泽东主持召开中央人民政府第三次会议。

这次会议主要讨论通过政务院及其所属各委员会，各部、院、署、行的负责人，同时通过任命人民革命军事委员会、最高人民法院、最高人民检察署和中央人民政府办公厅等机构的负责人。

中央人民政府的各组织机构至此全部建立起来。

在这次会议上，正式宣布政务院及其所属各委员会、各部、院、署、行的负责人。

毛泽东宣布：政务院下设文化教育委员会，委任郭沫若为主任，马叙伦、陈伯达、陆定一、沈雁冰为副主任，委员有周扬、丁燮林、钱俊瑞、韦悫、李德全、贺诚、苏并观、李四光、陶孟和、竺可桢、胡乔木、胡愈之、徐特立、柳亚子、张东荪、费孝通、吴晗、刘清扬、潘光旦、李达、符定一、沈志远、陈此生、蒋南翔、沈兹九、谢邦定、欧阳予倩、丁玲、田汉、阳翰笙、巴金、钱三强、陈鹤琴、江恒源、李步青、艾思奇、翦伯赞、侯外庐、钱端升、曾昭森、雷洁琼、沈体兰，由胡乔木任秘书长，阳翰笙、冯乃超为副秘书长。

毛泽东同时宣布：政务院下设教育部，马叙伦任部长，钱俊瑞、韦悫任副部长。

马叙伦曾任上海《选报》《国粹学报》编辑，后以教书为生。1911 年赴日本，在东京加入同盟会。1945 年底，他在上海发起组织中国民主促进会，积极投入爱国民主运动。1946 年 6 月，他参加上海各界人士举行的反内战游行示威，被推举为向国民党政府请愿团团长，在南京下关车站被特务打伤。1947 年底，到香港筹建民进港九分会，继续从事反蒋民主运动。

1949 年，马叙伦与李济深等赴北平，出席政协会议，并当选为政协常务委员。他在教育界和各民主党派中具有很强的影响力。

早在蔡元培任北京大学校长的五四时期，马叙伦在北大就与马寅初有"二马"之称。

1948 年 5 月 1 日，中共中央发出召开新政协会议的号召，马叙伦代表中国民主促进会积极响应，从香港北上。

1949 年 3 月 25 日，毛泽东从西柏坡飞抵北平，马叙伦与在北平的各民主党派负责人沈钧儒等一起，到西苑机场欢迎毛泽东。毛泽东与他亲切握手。随后马叙伦便陪同毛泽东一起阅兵。

4 月 3 日，毛泽东会见马叙伦、沈钧儒等各民主党派负责人，就国共谈判情况及今后方针问题，进行交谈。

5 月中旬，毛泽东特意邀请马叙伦，就新的政治协商会议筹备工作、经济建设、外交和贸易诸问题，进行交谈，并交换意见，其中就谈到有关教育事业的建设与发展等问题。

马叙伦决心献身人民教育事业

1949 年 11 月 1 日，教育部宣布成立。

为了改造旧的教育，建立崭新的人民教育，党和人民选择卓有成就和威望的老教育家马叙伦担任第一任教育部长。

马叙伦把这个新任务看作是党和人民对他极大的信任与重托，他感到十分高兴和光荣。马叙伦深情地表示：

> 由于人民解放战争已在全国范围内取得基本胜利，中央人民政府业已成立，我们才有可能将人民教育问题提到国家建设的议事日程上来，才有可能来考虑、讨论和处理全国性人民教育问题。
>
> ……
>
> 胜利给我们带来了新的复杂而艰巨的任务。我们自然是很愉快地接受这一光荣任务。

此时此刻，马叙伦百感交集。他在旧中国从事教育工作几十年，无论是教书还是从事教育行政工作，虽然他辛勤工作，并为革新教育、救国图强提出和力图实践一系列的教育主张。但是，在那时的反动统治下，总是遇到重重障碍，许多理想只能成为泡影，甚至还屡遭迫害，难以实现他教育兴国的理想。

马叙伦这位饱经风霜的老教育家，在新中国，精神焕发，以极其饱满的政治热情、强烈的事业心，投入到人民教育事业的新征程中。

马叙伦衷心拥护《共同纲领》所规定的教育方针和政策，还特地在他红星楼办公桌的案头放了一本《共同纲领》。他亲手用毛笔逐字逐句地把《共同纲领》关于教育方面的条文抄写下来，字迹潇洒俊逸，刚健劲拔。其中有：

第四十一条 中华人民共和国的文化教育为新民主主义的，即民族的、科学的、大众的文化教育。人民政府的文化教育工作，应以提高人民文化水平，培养国家建设人才，肃清封建的、买办的、法西斯主义的思想，发展为人民服务的思想为主要任务。

第四十二条 提倡爱祖国、爱人民、爱劳动、爱科学、爱护公共财物为中华人民共和国全体国民的公德。

第四十三条 努力发展自然科学，以服务于工业、农业和国防的建设。奖励科学的发现和发明，普及科学知识。

第四十六条 中华人民共和国的教育方法为理论与实践一致。人民政府应有计划有步骤地改革旧的教育制度、教育内容和教学法。

第四十七条　有计划有步骤地实行普及教育，加强中等教育和高等教育，注重技术教育，加强劳动者的业余教育和在职干部教育，给青年知识分子和旧知识分子以革命的政治教育，以应革命工作和国家建设工作的广泛需要。

马叙伦认为，这些条款规定了新中国教育的性质、任务、国民道德的标准、教育方法以及改革旧教育的步骤和重点等，是创建新中国教育的根本指导方针。因此，他放在身边，经常学习，这些也成了他的座右铭。

马叙伦曾对教育部办公室副主任葛志成意味深长地说："《共同纲领》是开国大法，我们举了手的，我们有责任认真贯彻执行，对有关文教工作的章节，特别要逐条学习。"他还深有感触地说："你看，新华门内不就竖立着'为人民服务'五个大字吗！在旧中国，工农及其子弟向来被排斥在学校门外的。今天教育要向工农开门，因为工农兵是人民的大多数，提高人民文化水平，就要提高工农兵的文化水平。"

教育部成立之初，教育战线是头绪纷繁，百废待兴，面临旧的教育如何改造、新中国的教育朝着什么方向发展、如何起步等问题，马叙伦和他的同仁要为新中国的教育大业进行奠基。

教育部第一次全国会议召开

1949 年 12 月 23 日至 31 日，新中国第一次全国教育工作会议在北京召开。

出席这次会议的有：政务院副总理郭沫若、黄炎培，文教委员会副主任陆定一，中央人民政府委员徐特立等。

还有东北、华东、中南、西北大行政区和华北各省、市、自治区的代表以及中央有关部门的负责干部 200 多人。会议确定了当时中国的教育工作方针。

早在新政协第一次会议上，周恩来便指出：新政府建设的重点在经济建设和文化教育。要想在一穷二白的旧中国基础上建设繁荣昌盛的新中国，就必须重视人才的培养和选拔，这自然要将教育摆在非常重要的位置上。

在这次会上，新当选的教育部部长马叙伦，就教育部的工作方针做了报告。他说：

> 中国的旧教育是帝国主义、封建主义和官僚资本主义统治下的产物，是旧政治、旧经济的一种反映，也是旧政治、旧经济借以持续的一种工具。
>
> ……
>
> 现在，随着帝国主义和封建买办的统治在

中国宣告终结，中国旧教育的政治经济基础是基本上被摧毁了。代替这种旧教育的应该是作为反映新的政治经济的新教育……，作为巩固与发展人民民主专政的一种斗争工具的新教育。

马叙伦接着指出：

这种新教育和旧教育是性质上完全相反的东西，是势不两立的。因此，我们对于旧教育不能不做根本的改革。

对于教育改革的任务，马叙伦提出：

全国教育的制度，各级学校的课程、教材、教学方法、师资、等等，都要求一个彻底的，同时是有计划有步骤的变革和解决。这是摆在全国教育工作者面前极其复杂艰巨的任务。

马叙伦还特别强调工农受教育的重要性，他指出：

由于我们的国家是以工农联盟为基础的人民民主专政的国家，因此我们的教育也应该以工农为主体，应该特别着重于工农大众的文化教育、政治教育和技术教育……这是中国新教育建设的工程中具有头等重要意义的工作，我们应该首先努力促其实现。

明确教育的总任务后，马叙伦在分析实现任务的有利条件时，强调说：

在旧中国的一部分教育工作者，由于进步的科学的思想的指导，也积累了一定的有利于人民教育事业的良好经验，是完成旧教育的改造和新教育的建设的许多有利条件之一。

然后，马叙伦提出了教育的具体工作方针为：

有计划、有步骤、有重点，稳步前进。对旧教育，采取的是坚决改造、逐步实现的方针。原则上不能妥协，但也要反对否定一切，不批判吸收历史遗产中优良部分的态度，或对新解放区的教育工作者排斥而违反争取改造和团结的方针。主张凡是在短时间内不可能解决的问题，就不采取急躁的措施，立即地和全盘地解决。但同时又应当即刻开始准备工作，以便及早地即使是初步地解决这些问题。

最后，马叙伦坚定地指出：

我们新教育的前程是无限光辉与远大的。

马叙伦在这次报告中，将新中国的教育定位于新民主主义教育，目的是改革旧的教育制度。

在这次会议上，作出了如下决定：

一是根据《中国人民政治协商会议共同纲领》的规定，以老解放区的教育经验为基础，吸收旧中国教育有用的经验，借助苏联教育的先进经验，建设新民主主义教育。

二是教育必须为国家建设服务，学校必须为工农开门。

三是发展教育要普及与提高相结合，即在提高的指导下普及，在普及的基础上提高。在相当长时期内应以普及为主。教育应着重为工农服务，培养工农知识分子干部。大量举办业余补习教育，开展全国规模的识字运动。在普及的基础上，逐步提高科学技术和政治教育水平。

四是对原有老解放区的教育，首先是中小学教育，以巩固与提高为主，条件许可时，可以适当发展。巩固与提高的关键是解决师资和教材问题，改进师范教育，加强教师轮训和在职学习，培养称职的教师。中等学校着重向中等技术学校发展，培养大批中级建设干部。

五是对新解放区的教育，坚持团结、教育、改造知识分子的政策。谨慎地推行"维持原校，逐步改善"的方针。学校安顿后的主要工作是在师生中有效地进行政治思想教育，使他们逐步建立革命的人生观。妥善安置失业知识分子和失学青年。对于私立学校，一般采取保护维持、加强领导、逐步改造的方针。

六是逐步改革旧的教育制度、教育内容和教学方法。对旧学制的全面改革，要在各级教育经过不断改革取得较为成熟的经验后，逐步进行。课程改革的重点是加强革命的政治学习，合理地精简现有课程。对教学方法的改革，重点在于反对书本与实际分离的教条主义，同时防止轻视基本理论学习的狭隘实用主义，坚持理论与实际一致。必须改进考试制度。

七是学校的管理，必须贯彻与实行民主集中制。

八是应设法改善教育工作者的物质和政治待遇，教育工作者要发扬艰苦奋斗的作风，完成光荣的历史使命。

会议还拟订了创办中国人民大学的实施计划和举办工农速成中学的实施方案，讨论了改进北京师范大学和各地师范学校的意见，并决定编辑中小学教科书。

这次会议还结合讨论了教育部 1950 年上半年的工作计划，确定了全国教育工作的总方向：

中华人民共和国的教育是新民主主义教育，它的主要任务是提高人民文化水平，培养国家建设人才，肃清封建的、买办的、法西斯的思

想，发展为人民服务的思想。这种教育是民族的、科学的、大众的教育。教育工作的发展方针是普及与提高相结合。在相当长的时期内以普及为主，除维持原有学校外，教育应着重为工农服务，学校要为工农子女和工农青年开门。

在这次会上，政务院副总理郭沫若、黄炎培，文教委员会副主任陆定一，中央人民政府委员徐特立等，也先后发言。

会议最后由教育部副部长钱俊瑞做总结报告。

二、 收回教育主权

● 在庆祝大会上，校长陈垣首先致辞，他说："为了辅仁的师生员工的学习和工作，为了收回国家的教育主权，政府决定把辅仁接收自办。"

● 马叙伦在记者招待会上庄严声明：此次辅仁大学问题，是单纯的教育主权问题，与宗教问题毫无关系。

● 1950 年 7 月 29 日，芮哥尼进而宣布：自本年 8 月 1 日起，教会对辅仁大学之补助经费即告断绝。

教育部领导收回中国教育主权

1950 年 9 月 25 日，教育部部长马叙伦遵照周总理的指示，代表教育部邀教会方面驻辅仁大学代表芮哥尼谈话。

马叙伦首先申明我国政府的原则，他说：

一、在一个独立民主的国家里，不允许外国人办学校，除非是他们的侨民自己设立而为教育他们的子女的学校，这是世界通例。

二、外国人在旧中国所办的教会学校，因为已经办了多年，所以必须在真实地遵守中国人民政治协商会议《共同纲领》及教育方针与法令的条件下，可以暂时允许他们继续办，但中央人民政府保有根据需要以命令收回自办的权利，更绝对不允许新设这类性质的学校。

三、宗教与学校教育是两回事，必须明确分开，不许任何曲解与含混，在学校课堂内不允许进行做礼拜、查经等宗教活动。

四、教会设立的高等学校，可以设宗教的课程，但只准是选修，而且不允许任何人强迫与利诱学生选修宗教课程。

五、中央人民政府教育部最近颁布的"高等学校暂行规程"和"私立高等学校管理办法"是全国私立高等学校都要遵守的法令。

接着，马叙伦答复芮哥尼关于辅仁大学的问题时说：

一、你必须了解前五项原则。

二、信教自由，同时不信教也是自由的，批评宗教也是自由的。因此，不能把不信教与批评宗教认为是违反《共同纲领》，也不能把不信教与批评宗教认为是反宗教的行动。

三、在中国境内的学校，必须设革命的政治课，这是教育法令。革命的政治课是科学的，与宗教的看法有不同之处，但不能说政治课便是反宗教的活动，进行革命的政治教育与保障宗教信仰自由，同是中华人民共和国的既定政策。

四、教会与辅仁大学的关系只是补助经费及主持宗教选课，不能涉及学校行政及其他，否则便是违反《共同纲领》及教育方针与法令。

五、辅仁大学校董会可以成立而且应该成立，但必须遵照"私立高等学校管理暂行办法"办理。

六、辅仁大学校长陈垣，执行中央人民政府政策法令，处理校务，能称其职，其职位不应有所变更。

七、五位教授的聘任与否，是属于学校行

政权限的，他们若是教得不好，学校有权解聘；他们若是教得好，政府有责任保障他们的地位。他们若是教徒，若是不信教或批评宗教或有反宗教的言论与行动，那么教会可以执行教会的纪律，但不应该把教会的纪律扩大到学校的行政范围里去，而且也不应该干涉教授们应有的地位。

八、辅仁大学是有几千师生员工的学校，你们从八月一日起停发补助费，我们不能让这几千师生员工失业失学，所以答应了陈校长的请求，支付每月需要的经费。我要告诉你，你们这样的举动对辅仁大学是不利的，对几千师生员工是有害的，是会使中国的人民教育事业受到损害的。因此，中央人民政府在认为不能容忍的时候，即将收回自办。

九、辅仁大学事件应该于本月内解决，解决的方针与办法，我已告诉你了。你们倘若不愿意这样做，政府即决心采取最适当的办法，以保障辅仁大学的工作得以顺利进行。

辅仁大学是天主教会于 1925 年 1 月在北平创办的，最早取名为辅仁社，是在旧涛贝勒府开办的大学预科一班，并聘请英敛之为社长。

1927 年，北洋政府准予该学校试办，并正式将"辅仁社"更名为"私立北平辅仁大学"。在 1927 年暑假之后，学校便开始招收大学班学生。

到新中国成立时，辅仁大学已经有了 23 年的历史，教师中有很多知名人士，毕业生将近 4000 人，成为与北大、清华、燕京大学齐名的国内著名的高等学府。

在 1949 年人民解放军进城时，辅仁大学一名叫芮哥尼的教会代表宣布校产与教产划分，学校主权归中国，经费教会照常供给，行政方面的事务教会不再负责。

辅仁大学的教师多数是不信教的，因而与外籍神父的交往也很少，又因为外籍神父作为学校的管理者往往架子比较大，从而造成教师中有很多抵触情绪。学生和神父、修女之间，摩擦也时有发生。

北平解放后，在人民政府的领导下，学校进行了民主改革，师生员工的政治觉悟得到了大大提高，致使校内亲美的教会势力有所削弱，这些进步迹象引起了天主教会方面的强烈不满。因此，教会开始在经费上缩减预算，将学校的经费从 22 万美元锐减到了 16 万美元，而且迟迟没有做出 1950 年的预算。

时任辅仁大学校长的陈垣与教会方面进行了十多次交涉，但始终毫无结果。

1950 年 7 月 14 日，芮哥尼致信校长陈垣，提出：

教会可以每年拨给辅仁大学 14.4 万美元教育经费，但中方必须满足四个条件：一、学校新的董事会由教会选任。二、教会对学校人事安排有否决权。三、附属中学的经费自给自足。四、圣言会所在地仍由教会保留，任何人不准侵扰。

同时，芮哥尼还提出解雇5名进步教员的无理要求，公然对学校的行政进行干涉。

7月29日，芮哥尼进而宣布：

自本年8月1日起，教会对辅仁大学之补助经费即告断绝。

芮哥尼给校长陈垣的信，在辅仁大学引起了轩然大波，遭到了广大教职工和学生的强烈反对。7月31日，学校召开大会，反对教会的无礼行为。

中央人民政府在得知此事后，为了保证辅仁大学的教学工作不致中断，决定先垫付学校8月和9月所需的经费。同时，中央人民政府还本着公私兼顾和维持原校的方针，继续对芮哥尼进行解释和说服，期望他能有所悔悟。

但是，芮哥尼于8月27日和9月19日两次上书周恩来总理，并两次发表《告同学同仁书》，鼓动少数不明真相的工友向学校请愿，以此达到其组织新董事会、撤换校长陈垣的目的。

为此，教育部不得不宣布，收回辅仁大学的自办权。

9月30日，教育部收到芮哥尼的正式答复，称：

> 教会最高首长回电，补助费决定停止，除
> 非条件基本上改变，教会坚持决定……

10月12日，教育部经政务院批准，并根据政务院的指示，将辅仁大学收回自办，并决定任命陈垣为校长，负责主持校务。

10月12日上午，全校3000多名师生员工参加了庆祝大会。只见校内张灯结彩，喜气洋洋，校门和礼堂还挂上了巨幅标语：

> 拥护人民政府接办！
> 庆祝辅仁大学新生！
> 教职员工团结起来办好新辅仁！

在庆祝大会上，校长陈垣首先致辞，他说：

……为了辅仁的师生员工的学习和工作，为了收回国家的教育主权，政府决定把辅仁接收自办。这是我们全校师生员工所绝对欢迎和拥护的。从今天起，辅仁得到了真正的解放。

接着，教育部部长马叙伦讲话，宣布中央人民政府教育部关于接办辅仁大学的命令，任命陈垣为辅仁大学

校长。同时，在学校接办期间，成立接办小组，由中央人民政府教育部高教司副司长张宗麟任组长，陈垣任副组长。

通告外国在中国办学原则

1950 年 10 月 12 日，就在教育部宣布接办辅仁大学命令的同一天，教育部召开记者招待会，马叙伦庄严声明：

> 此次辅仁大学问题，是单纯的教育主权问题，与宗教问题毫无关系。
>
> 政府接收自办的是私立辅仁大学，丝毫不涉及宗教问题，对辅仁大学的宗教选课及信仰天主教的教授、学生、员工等保证一切如常。

在会上，马叙伦严肃通告外国人在中国办学的五项基本原则：

一、在一个独立的民主国家，不允许外国人办学校，这是世界通例。

二、外国人在中国办的教会学校，在遵守国家方针与法令的条件下，可以暂时允许他们继续办，但中央人民政府保有根据需要以命令收回自办的权利。

三、宗教与学校教育是两回事，必须明确

021

分开，在学校课堂内不允许进行宗教活动。

四、教会设立的高等学校，不允许任何人强迫和利诱学生选修宗教课程。

五、中央人民政府颁布的有关教育法令是全国私立学校都要遵守的法令。

在新政权的支持下，辅仁大学收回教育主权的斗争取得了圆满的胜利。

马叙伦在 20 世纪 20 年代提出收回教育主权的愿望，在人民取得政权后，终于实现了！

辅仁大学的接收是教会及其所代表的外国势力与新中国政权之间正面冲突较量的结果，由此也揭开了新中国接收外资津贴学校的序幕。

接办外国津贴和私立学校

1950 年，朝鲜战争爆发，国内敌对分子蠢蠢欲动，妄图制造事端，企图在抗美援朝战线的后方制造混乱。

在教育界，一些接受外国津贴的学校成了敌对分子的反动据点，经常发生敌视中国政府和中国人民的事件。

在上海进德女中，学校不仅打着伦理课的幌子继续开设宗教课，而且还利用每天的晨会时间进行宗教仪式和宗教宣传，荼毒学生们的思想和心灵。

在进德女子初级中学，校方极力制止学生参加开国典礼和保卫世界和平大游行等，也不准在校内搞庆祝活动。

更为严重的是，一些帝国主义分子还以外资津贴学校作为据点，收集情报，散布谣言，搞一系列特务活动等。

在这样复杂教育背景下，一场轰轰烈烈收回教育主权、接办外国津贴学校的运动，在全国范围内迅速展开。

据统计，到 1950 年底，全国共接办外国津贴的高等学校达 20 所，中学 514 所，初等学校 1133 所。此后，其他的私立高校也陆续被全部接办。

1951 年 1 月，教育部还召开了处理接受外国津贴的高等学校会议。马叙伦做了重要讲话，他重申新中国不允许外国人在我们国家内办学校的方针，强调这是维护教育主权、夺取帝国主义的文化侵略阵地问题。会议确定了处理的原则、办法、政策和措施。

会议期间，美国基督教大学联合托事部来电，声言各校派代表赴香港与托事部代理人商谈汇寄津贴费事宜，企图以利诱的手段，阻挠我国收回教育主权。各校与会代表随即发表联合宣言，揭露美国这一阴谋活动。

处理接受外国津贴的高等学校的工作，是中国人民收回教育主权的重大措施，同时也是一场复杂且政策性很强的斗争。

与此同时，政府还逐步取消教会大学，并改造和限制私立大学。华东教育部以上海的私立大夏大学、私立光华大学为基础，筹建了公立的华东师范大学。

到1951年底，几十所教会大学全部改组完毕，其中被收归国，改为公立大学的有：辅仁大学、燕京大学、津沽大学、协和医学院、铭贤学院、金陵大学、金陵女子文理学院、福建协和大学、华南女子文理学院、华中大学、文华图书馆学专科学校、华西协和大学。

另外的几所大学则维持私立，由中国人自办，政府予以补助。这几所大学是：东吴大学、齐鲁大学、圣约翰大学、之江大学、沪江大学、震旦大学、震旦女子文理学院、岭南大学、求精商学院。

接着，教育部决定，全国私立中小学全部由政府接办，改为公立。到1956年，全国生产资料所有制改造基本完成时，全国所有的私立学校基本上已不复存在了。

自此，收回教育自办权的运动取得了彻底的胜利。

三、 进行院系调整

● 马叙伦首次明确提出：我们要在统一的方针下，按照必要和可能，初步调整全国公私立高等学校或其某些院系，以便更好地配合国家建设的需要。

● 毛泽东在讲话中提出：有步骤地谨慎地进行旧有学校教育事业和旧有社会文化事业的改革工作，在这个问题上，拖延时间不愿改革的思想是不对的。

● 中央人民政府为中国人民大学确定的为学方针是：教学与实际联系，苏联经验与中国情况结合。

召开全国高等教育会议

1950 年 6 月 1 日，中央人民政府教育部召开的第一次全国高等教育会议在北京正式开幕。

这次会议，由教育部部长马叙伦主持。

毛泽东、周恩来亲临这次会议，并接见全体与会代表。

出席这次会议的有各大行政区教育部及全国主要院校负责人李向忱、吴有训、叶企孙、李达、徐悲鸿、刘锡英、陈望道等，中央人民政府各部、会、院、署代表及高等教育方面的专家，中央教育部司长以上级干部，共 180 余人，连同列席者共计 300 余人。

政务院副总理董必武、郭沫若、黄炎培，文教委员会副主席陆定一、财经委员会副主任马寅初、政法委员会副主任张奚若等领导人也参加了这次会议。

这次会议主要对高等教育方针任务、组织规程、课程改革、领导关系、师资培养、教材编审等问题做广泛讨论，以使高等教育更好地为国家各方面建设服务。

这次会议在开幕前，曾在 5 月 30、31 日开了两天的预备会，由各地区报告高等教育工作中的问题和意见。

6 月 1 日，会议正式开幕，马叙伦部长致开幕词。

在会议上，马叙伦首次明确提出：

我们要在统一的方针下，按照必要和可能，初步调整全国公私立高等学校或其某些院系，以便更好地配合国家建设的需要。

马叙伦还指出，高等教育目的是以理论与实际一致的教育方法，培养全心全意为人民服务的高级建设人才。

马叙伦根据国家总的情况和高等教育的情况，指出新中国高等教育的方针和任务，要求高等教育密切配合国家经济、政治、文化、国防的建设，并根据理论与实际统一的原则，有计划有步骤地改革旧有高等教育的内容，要求高等学校准备和开始为工农开门，并使高等教育随着国家建设逐步走向轨道，逐步走向计划化。

接着，董必武、郭沫若、黄炎培、陆定一先后讲话。

钱俊瑞、韦悫分别就高等教育的方针、任务、课程改革及学制、领导关系等问题做了补充报告。

6月2日至6日，会议进行小组讨论。7、8日进行大会全体讨论。

这次会议，在讨论中一致通过了高等学校暂行规程、专科学校暂行规程、管理私立高等学校暂行办法、关于高等学校领导关系的决定、关于施行高等学校课程改革的决定等5项草案，并呈请政务院批准。

8日，毛泽东、周恩来亲临大会。周恩来发表了讲话，他说：

听说全国高等教育会议开得很好。全国的教育专家会聚一堂，经过充分讨论作出的决定，我想一定会是合乎实际情况的。

……

这次高等教育会议作出了若干决定，有人要马上实施，有的要一些学校试行，有的只供各学校参考，这样的办法很好。我们对于文化教育的改革，应根据《共同纲领》有计划、有步骤地进行。毛主席告诉我们要谨慎。教育改革不能漫无计划，兴之所至乱搞一气，要区别轻重缓急，分阶段有步骤地进行，在有些问题上要善于等待。

周恩来就"新民主主义教育方针""理论与实际一致""团结与改革"3个问题给了明确具体的指示。

9日上午，由钱俊瑞做总结报告。下午举行闭幕式，由马叙伦致闭幕词。

马叙伦在闭幕词中指出，这次大会经过各方面反复研讨，把新中国高等教育的方向明确地确定下来了，这是这次大会最大的收获。

大会最后由张奚若、许德珩等致辞。

与会人员都一致表示贯彻大会所确定的方针，加强团结，为建设新中国高等教育而努力。

毛泽东提出教育文化改革方针

1950 年 6 月 6 日，中共中央七届三中全会在北京召开。

出席这次会议的有中央委员 35 人，候补中央委员 27 人，中央各部委、若干主要省市党委书记及中央人民政府、中央军委负责人 43 人列席。

这次会议是中华人民共和国成立后召开的第一次中央全会。

在这次会上，毛泽东在讲话中提出：

> 有步骤地谨慎地进行旧有学校教育事业和旧有社会文化事业的改革工作，在这个问题上，拖延时间不愿改革的思想是不对的。

其实，早在 1949 年 12 月，教育部召开的"第一次全国教育工作会议"上，根据毛泽东的建议，就确定了"以老解放区新教育经验为基础，吸收旧教育有用经验"的高校改造方针。

在这次会上，毛泽东认为，由于老解放区高等干部教育是农村环境与战争环境的产物，因此"特别要借助苏联教育建设的先进经验"，"应该特别着重于政治教育和技术教育"。

在当时，中国政府尚缺少办学经验，因而非常倚重苏联专家的帮助。

1950年，中国的高等院校共聘请了861名苏联教育专家，直接参与中国高等教育的改造和建设，而中国派往苏联的留学生和进修教师亦高达9106人。

在苏联专家的帮助下，我国政府在1950年树立了两个按照苏联经验实行"教学改革"的"样板"：其一是文科的中国人民大学，另一个则是理工科的哈尔滨工业大学。哈尔滨工业大学是学习苏联工业大学的模式管理的。

中央人民政府为中国人民大学确定的办学方针是：

教学与实际联系，苏联经验与中国情况结合。

并且在该校投入重金，为全国高校培养马列主义政治理论课的师资，同时大批培训"调干生"。1950年，中国人民大学一所学校的经费就占教育部全部预算的20%。

院系调整建构中国高教体系

1951 年，中央人民政府提出，要参考苏联的教育模式，按照高等教育集权管理、高等教育国有体制和高度分工的专门教育体系来建构中国的高教制度。

其实，在中华人民共和国成立之初，中央政府就已在小范围内零星组织过高等院校的院系调整。那是在 1949 年底，北京大学和南开大学的教育系并入北京师范大学教育系；北京大学、清华大学、华北大学三校的农学院合并成立了北京农业大学。

在 1950 年下半年，南京大学法学院的边政系便被取消，该校社会学系就并入政治系，安徽大学的土木工程系和艺术系就并入南京大学，复旦大学的生物系海洋组就并入山东大学，南京大学医学院就改属华东军政委员会卫生部领导，后改称"第五军医大学"。

中央人民政府系统地提出院系调整方案后，中国政府开始对高等学校实行集中统一的计划管理，将各校的招生人数、专业设置、人事任命、学籍管理以及课程设置等全部纳入政府的计划管理范围。

各高等院校试行政治辅导员的制度，由专人专门担任各级政治辅导员，主持大学生的政治学习及思想改造工作。

1951 年 11 月，教育部召开全国工学院院长会议，拟订了全国工学院院系调整方案。而后，教育部和中央政府重工业部、燃料工业部及其他有关部门多次磋商，最后拟订了"关于全国工学院调整方案"，并由政务院批准。

该"调整方案"以华北、华东、中南地区的工学院为重点。

在北京市，清华大学改为多科性工业高等学校。北京大学工学院、燕京大学工科各系并入清华大学。保留北京大学为综合性大学，撤销燕京大学。清华大学文、理、法三个学院及燕京大学的文、理、法各系分别并入北京大学。

在天津市，南开大学工学院、津沽大学工学院、河北工学院合并到天津大学。此外，浙江大学改为多科性工业高等院校，之江大学的土木、机械两系并入浙江大学，浙江大学文学院并入之江大学。

……

随着中国工业化建设的推进，亟须大量合格的各种专门人才，尤其是工业建设的专门人才。工学院调整方案旨在集中相同学科的师资于一地。

但工科院校的数量增长有限，到 1952 年初，全国 206 所高校中工科院校仅为 36 所，约占 17%。工科学生在大学在校生中的比重也大致是这个水平，而且工科院校的水平不高，规模小，不能培养配套齐全的工程技术专业人才。

1952 年，教育部按照中央"以培养工业建设人才和师资为重点，发展专门学校，整顿和加强综合性大学"的方针，提出了"及时培养供应各种建设事业（首先是工业）所必需的高、中级干部和技术人才"的任务。为此，教育部决定增加高等学校 95 所，其中高等工学院 50 所，师范学院 25 所。

教育部还拟订发布了"关于全国高等学校 1952 年的调整设置方案"，以华北、华东和东北三区为重点，实施全国高校院系调整。

这次调整的特点是：除保留少数文理科综合性大学外，按行业归口建立单科性高校。大力发展独立建制的工科院校，相继新设钢铁、地质、航空、矿业、水利等专门学院和专业。

1952 年 6 月，京津地区又开始了新一轮的高校院系调整，华东、西南、东北等地随即跟进。

至 1952 年底，全国已有四分之三的院校实施了院系调整，形成了 20 世纪后半叶中国高等教育系统的基本格局。

当时，教育部规定，综合性大学培养科学研究人才及师资，全国各大行政区最少有 1 所，但最多不超过 4 所。根据"少办或不办多科性的工学院，多办专业性的工学院"的要求，每个大行政区必须开办 1 至 3 所师范学院，用以培养高中师资。各省可办师范专科学校，培养初中师资，师范学院设系应严格按照中学教育所需而开设。

根据这次调整方案，仅保留北京大学、南开大学、复旦大学、南京大学、山东大学、东北人民大学、中山大学、武汉大学等校为文理综合性大学。清华大学、南京工学院、重庆大学、交通大学、同济大学、浙江大学等校则被定位为多科性高等工业院校。

同时新设立由北京大学、清华大学、天津大学、唐山铁道学院的地质系科组合成立北京地质学院。

经过 1952 年院系调整，工科、农林、师范、医药院校的数量，从此前的 108 所大幅度增加到 149 所，而综合性院校则明显减少，由调整前的 51 所减为 21 所。

与 1949 年以前工科、农林、师范、医药院校的在校生历史最高年份人数相比较，1952 年这 4 个科类的学生人数从 7.04 万人上升到 13.84 万人，几乎翻了一番。但政法类在校生却从 3.7 万多人下降到 3000 多人，显得很不协调。

此次院系调整，除了合并重组高校系科外，还根据计划经济和工业建设的需要设置了新专业。同时，把民国时期大学内部的结构改变为苏联的模式。

此外，私立大学和原教会大学全部改为公立，撤销了辅仁大学、金陵大学、齐鲁大学、圣约翰大学、之江大学、沪江大学、震旦大学、岭南大学、华南联合大学等校的校名，其系科并入当地其他院校。

高等院校的领导体制采取校（院）长负责制，在校（院）长领导下设校（院）务委员会。教师分为教授、副教授、讲师、助教四级，均由校（院）长聘任。

经过院系调整，许多莘莘学子的学习情况都发生了改变。鲁兆璋是 1950 年考入南京大学艺术系音乐组的，院系调整后，他来到南京师范学院学习，直到 1953 年毕业，他留校任教。

鲁兆璋教授后来回忆起那时自己读书时的一些事，他感觉依然十分有趣，好像又重新回到了校园。在那个时候，南京师范学院随园校区中大楼对面种着许多柿子树，1952 年，年轻的鲁兆璋来到南京师范大学，正好赶上柿子成熟的时节。他回忆说：

> 记得是老师带着我们上树摘柿子，刚摘下来的柿子还是青色的。可大家兴致正高，哪里顾得了涩不涩，摘下来的青柿子一个个直接下了肚。柿子青涩的口感就像是那个时代的味道，令人难忘。当年的师范教育和现在大不相同，我们都属于国家紧缺人才，提前一年毕业，由国家统一分配至各教育岗位。当时的上学时间短，所以我们更加珍惜。

通过院系调整，我国高等工科院校建成了比较齐全的专业科系体系，改变了旧中国不能培养配套的工程技

术人才的落后状况，从根本上奠定了新中国高等教育的坚实基础，也为新中国的建设奠定了坚实的人才基础，真可谓百年大计，教育兴国。

四、 进行学制改革

● 张逸园在"意见"中提出：新的幼稚园教学原则是全面发展，是使学龄前儿童在生理上、意识上、行动上得到正确的成长、发展和变化。

● 陈鹤琴说："大自然、大社会都是活教材，让儿童在积极的探索活动中发现自己的世界，丰富其经验，培养其思维能力、动手能力和创造精神。"

● 《规程》规定小学教育的宗旨是：给儿童以全面的基础教育，使他们成为新民主主义社会热爱祖国和人民的、自觉的、积极的成员。

学习苏联教育新体制

1949 年 12 月 30 日，教育部副部长钱俊瑞在全国教育工作会议上的总结报告中，首次向全国教育工作者明确提出借助苏联教育经验的意见，指出教育工作的指导方针：

> 以老解放区教育经验为基础，吸收旧教育有用经验，借助苏联经验，建设新民主主义教育。

这成为新民主主义教育的总方针。自此，学习苏联教育和在教育领域实行苏联教育模式、教育结构的活动开始。

在 1952 年进行的对高等学校的院系调整中，改造旧有的高等教育，构成了中华人民共和国成立后高等教育的模式和品质，对中国教育和社会发展的影响十分深远。

从中华人民共和国成立后到 1952 年全面调整高等学校院系之前，我国借助、借鉴了苏联的教育经验。

学习苏联的教育经验最早开始于东北地区，东北地区在解放战争中较早摆脱战火的威胁，从而较早转向经济建设，加上此地区有较好的工业基础，附近又有苏联创办的学校可供学习，因此有条件首先带头实行教育正规化。

从 1948 年起，东北的一些中学就开始学习苏联课堂教学经验，其中旅顺中学走在最前面。

旅顺中学学习苏联的教学经验，第一阶段是参观苏联教学，第二阶段是听苏联教育专家的报告，第三阶段是学习翻译过来的凯洛夫教育学，第四阶段是要求教师将书本知识运用于实际，并组织本校教师之间相互观摩。

这样，在旅大地区掀起了学习苏联教育经验的热潮。与此同时，东北人民政府教育部组织东北实验学校前往旅顺参观苏联中学，开设实验班，试行苏联学制和教学方法。

在 1949 年 9 月召开的东北第四次教育会议上，正式提出了向苏联学习的问题。此后，《东北教育》刊登了大量介绍苏联教育经验的文章，甚至出了专号。

在中华人民共和国成立之初，教育部门便开始有计划地聘请苏联专家来华工作。全国主要的综合大学，理工、农医、师范、财经、艺术、体育等学院以及一些工科中等专业学校，都陆续聘请了苏联专家。

此外，担任教育部和高等教育部顾问的苏联专家还参与诸如学制改革、高等学校院系调整、建立中等专业教育制度、实行统一教学计划及教育行政改革等重大工作的决策过程。苏联专家提出的建议和实践活动，对新中国新的教育制度的建立，起到了推动作用。

1950 年 2 月 14 日，《中苏友好同盟互助条约》的签订，为中国派遣留学生铺平了道路。1951 年有 375 名学生被公派到苏联留学，其中中国科学院派出了 10 名学生。

中国政府决定从 1952 年开始每年向苏联和东欧国家派遣和交换留学生，并与这些国家的政府相继签订了派遣和交换留学生的协定，任命了驻苏联大使馆主管留学工作的参赞，设置了使馆留学生管理处，并成立了中国共产党留学生党委。

为了培训俄语和做其他准备，1952 年 2 月，在北京俄文专修学校的基础上，又成立了专门的留苏预备部。

自首批派出留学生后，我国每年派往苏联的留学生，少则 200 多人，多则达 2000 多人。到 1959 年，共向苏联派遣留学生 7891 人，占当时我国派遣出国留学生总数的 91%。

从 1953 年起，留学生陆续学成回国，他们带回了苏联的科学技术和学术思想。在高等学校任教的留学生还带回了苏联的教育思想和教学风格，他们成为传播和研究苏联教育学的重要力量。

为了克服向苏联学习的语言文字障碍，中央人民政府采取积极措施，推进俄文教育，在全国新建了北京俄语专科学校，在大学发展了俄文专修科，在中等以上学校中普遍教授俄文，还在高等学校教师中开展了专业俄语速成学习。

同时，由中苏友好协会总会及各地分会发动和组织开展群众性的业余俄文学习运动，从而形成了全国范围的学习俄文的热潮。

　　1952 年 9 月 1 日，政务院颁布《奖励学习俄文试行办法》，鼓励广大群众学习俄文。这样，就使得学习和使用俄语在 20 世纪 50 年代初期风靡全国。

　　1953 年 7 月，高教部发出《1954—1955 学年工作计划指导要点》，要求继续全面学习苏联的教学制度、教学方法、组织领导教学的经验等。随后颁布了《高等学校课程考试与考查规程》《高等学校教师工作量和工作日试行办法（草案）》等。

　　新式教育的建立，需要大批的师资和专门人才。为此，中央政府一方面大量派留学生到苏联去学习进修，一方面也注意吸收国外的留学人员回国。

政务院发布改革学制决定

1951 年 10 月 1 日，政务院发布《关于改革学制的决定》（以下简称《决定》），由此产生了我国第一个学制。《决定》指出：

> 我国原有学制有许多缺点，其中最重要的是工人、农民的干部学校和各种补习学校和训练班，在学校系统中没有应有的地位，初等学校修业六年并分为初高两级的办法，使广大的劳动人民子女难以受到完全的初等教育；技术学校没有一定的制度，不能适应培养国家建设人才的要求。这些缺点亟须改正。
>
> 在目前，全国学制的完全统一虽然还有一些困难，但是确定原有的和新创的各类学校的适当地位，改革各种不合理的年限与制度，并使不同程度的学校互相衔接，以利于广大劳动人民文化水平的提高、工农干部的深造和国家建设事业的促进，却是必要的和可能的。

在《决定》中，规定初等教育包括儿童的初等教育和青年、成人的初等教育。

《决定》规定，对青年和成人实施初等教育的学校包括脱产的工农速成初等学校，修业年限为 2 至 3 年。还包括不脱产的业余初等学校，修业年限不定；此外还有以扫盲为目的的识字学校，也就是冬季识字班，修业年限不定。

这个学制的颁布实施，标志着新中国学校教育制度基本确立。此后，伴随着学制改革的不断深入和发展，新中国学校教育步入了新的里程。

改革幼儿教育学制

　　在政务院发布的《关于改革学制的决定》中，规定幼儿教育实施机构为幼儿园，收 3 岁至 7 岁的幼儿，使他们的身心在入小学前就获得健全的发育。

　　在 1951 年，教育部颁布试行《幼儿园暂行规程（草案)》（以下简称《规程》），规定幼儿园的任务是：

　　根据新民主主义教育方针教养幼儿，使他们的身心在入小学前获得健全的发育；同时减轻母亲对幼儿的负担，以便母亲有时间参加政治生活、生产劳动、文化教育活动等。

　　《规程》提出幼儿园的教养目标包括体、智、德、美四个方面：

　　一是培养幼儿基本的卫生习惯，注意其营养，锻炼其体格，保证幼儿身体的正常发育和健康。

　　二是培养幼儿正确运用感官和语言的基本能力，增进其对于环境的认识，发展幼儿的智力。

三是培养幼儿爱国思想、国民公德和诚实、勇敢、团结、友爱、守纪律、有礼貌等优良品质和习惯。

四是培养幼儿爱美的观念和兴趣，增进其想象力和创造力。

《规程》规定幼儿园以整日制为原则，也可办寄宿制幼儿园和季节性幼儿园。幼儿园编班分小班、中班和大班。行政领导采用园长负责制。

对幼教机构而言，教育向工农开门，便是向工农和其他劳动人民的子女开门。

中央教育部为此采取的主要措施有：

一、废除幼稚园的招生考试制度，经报名登记和核实情况即可，父母双方因工作家中无人照顾的幼儿得以优先录取。

二、日常在园时间从过去的半天予以延长，以利劳动妇女正常工作，并取消寒暑假制度。

三、家庭经济困难的劳动人民子女保教费用可以减收或免收。

四、支持在工人住宅区设立幼儿园。

昔日无权问津的工农等劳动人民的子女，在新民主主义政治保障下，成为幼儿园的主要教育对象。

在幼儿教育方面，早在 1950 年 9 月，苏联幼儿教育专家戈琳娜就被聘为中央教育部幼儿教育顾问。

1950 年 9 月 4 日，教育部正式通知全国幼教工作者学习《苏联幼儿园教养员工作指南》和《我的儿童教育工作》等书，各地幼儿园进一步广泛深入地向苏联学习。

在教育部确定的向苏联学习的五所实验幼儿园中，六一幼儿园和中央军委保育院，是创办于老解放区的幼儿教育机构。两所幼儿园的幼教工作者在长期艰苦环境中，为保护和教育革命后代所付出的对幼教事业的热爱和忠诚，在学习苏联过程中也得到明显体现，不但保证了向苏联学习的质量，同时也对各地幼教工作者产生了积极影响。

从 1950 年下半年开始，教育部指定北京市六一、北海和分司厅三所幼儿园为学习苏联的实验基地。第二年，又增加中央军委保育院和北师大二附小幼儿园两所实验园。苏联专家每周一次，轮流到这些幼儿园观摩和分析教育活动，全国各地经常派人参加。

从 1954 年起，由苏联幼儿教育专家马努依连柯继任中央教育部幼儿教育顾问。

两位幼教专家都先后定期参与教育部对全国幼儿教育情况分析工作，赴上海、天津、南京等地对幼儿师范学校和幼儿园工作进行考察指导，并在北京师范大学开设讲座，使得苏联幼教理论和经验在我国得到系统而广泛的传播。她们"一切为了革命，一切为了孩子"的精神以及所创造的保教结合的原则等宝贵经验，并没有受到足够的重视和传播，也没有及时地对老解放区先进保教经验和资料进行整理、保存和继承。这对建设我国自己的幼教理论是一大损失。

在1951年6月，中央教育部幼儿教育处处长张逸园，在《人民教育》杂志发表《对幼稚教育工作的几点意见》，提出：

> 新的幼稚园教学原则是全面发展，是使学龄前儿童在生理上、意识上、行动上得到正确的成长、发展和变化，使他们的身体、智力、道德习惯及爱美观点等得到全面的发展。

这对幼儿园促使幼儿"体、智、德、美"全面发展教育方针的确立，起到了奠基作用。同时，借助苏联理论和老解放区某些经验，教育部制订了一系列政策性文件：

1951年8月召开的第一次全国初等教育会议上，通过了《幼儿园暂行规程（草案）》（以下简称《规程》）。

1952年3月18日，由中央教育部正式颁发试行。

《规程》对幼儿园的任务、目标、学制、设置、领导、教养原则、教养活动项目、组织会议制度、经费、设备等，分成七章作出规定。

《幼儿园暂行教学纲要（草案）》（以下简称《纲

要》）在经 1951 年第一次全国初等教育会议讨论后，于 1952 年颁布试行。

《纲要》本着使幼儿获得全面发展的教养原则，对不同年龄班幼儿的年龄特点和教育要点做了阐述和规定，并对六类教学，即体育、语言、认识环境、图画手工、音乐、计算的目标、教材大纲、教学要点和设备要点做了规定，使幼儿园教育有了更加明确的目的、计划和学科教学思想。但同时也为单一的学科课程定下了实践模式。

1952 年 9 月，教育部下达《关于接办私立中小学的指示》文件，某些私立幼儿园，如南京陈鹤琴主办的鼓楼幼儿园、重庆刘文兰主办的景德幼儿园等，由私立改为公立。

陈鹤琴在回顾办园经历时说："鼓楼幼稚园的办学宗旨、教学内容、课程、教学方法、设备，一切的一切以中国儿童为对象，以'中国化'为目的、为起点、为归宿。"陈鹤琴说："由于缺乏幼稚园教学场所，就在鼓楼城北空地上新盖的家宅客厅里办幼儿园，招生 12 名。嗣后，募捐修建园舍。

"我亲自布置园地，种植花卉，添置运动器具如秋千、摇船、摇马、大小积木、沙盘等，又订制课桌椅。

"园地布置成草坪、四周冬青、四季如春，红红绿绿着实可爱，俨然是个小公园。这样一来，南京鼓楼幼稚园竟成为一个游览之处。"

当年的南京市区较小，鼓楼的西面有许多低矮的小山坡，邻近的农村和山坡成了鼓楼幼稚园儿童欢乐的课堂，也成为陈鹤琴、张宗麟等人开展新课程研究的"实验室"。

将幼稚园课程逐渐从日本和欧美国家幼稚教育的模式中解放出来，创造符合中国儿童特点和国情的教育和课程，是陈鹤琴他们希望达到的目标。

陈鹤琴、张宗麟等人每周至少组织儿童们到野外活动三次，在大自然中上课。

白天，陈鹤琴、张宗麟等鼓楼幼稚园的初创者与儿童们在一起游戏、上课，同时进行实验。清晨和傍晚他们就整理试验成绩和搜集资料，有时工作持续到半夜。

张宗麟说："晚上工作完了，我们也常有短短的散步，在星月皎洁的晚上，到树影扶疏的草地上散步，一面欣赏夜的静和美，一面谈着各种工作，有时还辩论某项试验工作的准确性、某种玩具的改革、某个孩子的行动与进步等。

"倘若在冬夜，我们更有趣了，吃罢晚饭，常常邀几位爱好儿童教育的朋友，围炉长谈，虽然外面冰雪满途，但是一个内心充满工作热情的人，对此反而生出无穷的快慰。"

陈鹤琴有一套教学原则，即"活教育"。她是根据儿童心理学及教育实践，将杜威的"做中学"发展为"做中学、做中教、做中求进步"，强调教学的基本原则在

"做"。

所谓"做",并不限于双手做才是做,凡是耳闻、目睹(观察)、调查研究都包括在内,也就是"实践"。"做"是儿童对生活直接的体验,儿童对任何事物有了直接的体验后,才知道事物的真相,才能了解事物的性质,才能明了事物的困难所在。儿童想求得真实的知识一定要"做中学",而教师也应在"做中教",共同在"做中求进步"。

小孩子生来好动,好动的天性与他能力的发展有着密切的关系,要让儿童用自己的手和脑去做去想,做事的兴趣是越做越浓,做事的能力是越做越强,开始做得不好,甚至失败是必经的步骤,应当让他去做、去试验、去学习。一切的学习不论是肌肉的、感觉的或是神经的,都是靠"做",即自身的实践。

陈鹤琴举例说:"不看花卉,不能欣赏花卉的美丽;不听音乐,不会领会音乐的感染力;不尝甜酸苦辣,哪会知道甜酸苦辣的味道;不是亲手劳动,哪会知道粒粒皆辛苦呢?"

陈鹤琴认为,一切教学不仅在"做"上打基础,还应当在思想上下功夫,最危险的是儿童没有思想的机会。

陈鹤琴说:"儿童不是皮球、更不是鸭子,而是一个有生命力、生长力,好动的小孩子,我们所要的教育不应当是打气、填鸭子,而应根据儿童的心理特点,利用儿童的手、脑、口、耳、眼来教育。"

陈鹤琴总结了让儿童用手用脑的 3 条好处：

> 可以发展孩子的肌肉、思想和智能；可以
> 养成勤俭、爱劳动等品质，知道做事不易，世
> 事艰难；可以培养创造精神和独立生活能力。

反之，不让用手用脑则会阻碍肌肉、智能、思想的
发展，使孩子从小懒惰、不会劳动，长大会成为不尽职
的人。

陈鹤琴还提出，要解放儿童的双手和大脑，要解放
儿童学习的时间和空间，不应把儿童禁锢在幼稚园里，
局限于课堂教学中，而应该让儿童到广阔的自然和社会
中去探索。

陈鹤琴说：

> 大自然、大社会都是活教材，让儿童在积
> 极的探索活动中发现自己的世界，丰富其经验，
> 培养其思维能力、动手能力和创造精神。

1954 年 10 月，"北京、天津两市幼儿园教养员工作
经验交流会"揭开了总结我国幼教工作经验的序幕。

改革小学教育学制

在政务院发布的《关于改革学制的决定》中，规定小学修业年限为 5 年，规定 7 周岁入学，实行一贯制，给儿童以全面的基础教育。

1952 年，教育部又颁发试行《小学暂行规程（草案)》（以下简称《规程》)。《规程》中规定小学教育的宗旨是：

根据新民主主义的教育方针和理论与实际一致的教育方法，给儿童以全面的基础教育，使他们成为新民主主义社会热爱祖国和人民的、自觉的、积极的成员。

《规程》指出小学实施智育、德育、体育、美育全面发展的教育，并具体规定了这四类教育的主要目标。

规定小学制为 5 年，统一实行秋季始业，一学年分两个学期，儿童 7 周岁入学。小学不论公办或私立，都由市、县人民政府统筹设置、统一领导。

在 1953 年 11 月，政务院通过《关于整顿和改进小学教育的指示》，提出取消小学"五年一贯制"，恢复"四二制"，即初小四年，高小两年。

1954年2月，教育部颁发《小学"四二制"教学计划（修订草案）》。这个教学计划的新精神是开始实施基本生产技术教育和加强劳动教育及体育，更完整地体现全面发展的教育方针。

在1954年的暑期，李月欣上了小学。他是黑龙江省青冈县兴华镇人，他上小学的这一年，正是我国实行首次夏季招生。

李月欣说，他是自己背着书包步入学校的。因为面试成绩优异，被分配到一年一班。当时每班有45名学生，全校有18个班级，24名老师，800多名学生。

那时，兴华镇小学叫青冈县第五完全小学校。校址坐落在兴华镇东北隅，面积约两万平方米。校园为方形，四周栽有榆树、杨树和柳树。各班教室窗前都修有花池。学校操场平坦整洁，校园内体育设施有篮球场、单双杠、平衡木等。

每到春夏季节，校园内树绿花红，蜂飞蝶舞，伴随着琅琅的读书声，可谓芳香优雅之地。

一年级所学的课程有国语、算术、音乐、美术和体育。开始学的拼音字母是旧体写法，到三年级时才开始学现在应用的汉语拼音字母。上学后开始学标准音，讲普通话。

三年级时，开始学习简化字，由于在上学前李月欣向父母学习过的千余个汉字都是繁体字，因此，对有些字不得不重学读音、重新学简化字的写法。回家后，他还要去教文化水平很高的父母学习标准音和简化字。

李月欣说，算术课开始学阿拉伯数字，继而学100以内加减法，四则混合运算应用题。

上体育课，李月欣喜欢打篮球、做单双杠、垫上前后滚翻和蹦跳箱等体育运动。在小学读书时，李月欣还是校篮球队队员。

上图画课时，一开始学习画苹果，李月欣还以为苹果就如皮球似的，是玩具呢！在20世纪50年代初，这些住在北方偏僻的小屯镇的孩子，有谁能认识北方产的苹果，南方产的橘子、香蕉，新疆等地产的葡萄等水果呢！

李月欣还记得一年级时学会的歌曲，有《没有共产党就没有新中国》、《东方红》、《苏武牧羊》和"雄赳赳、气昂昂，跨过鸭绿江，保和平、卫祖国，就是保家乡……"，因为那时候朝鲜战争还没有结束。

1955年2月，教育部颁布《小学生守则》20条，要求小学生"做到身体好、功课好、品行好，准备为祖国服务，为人民服务"。

《小学生守则》规定：

> 听从校长教师的教导。爱护本校本班的名誉。要遵守课堂纪律，敬爱父母，尊敬老人，遵守公共秩序，爱护公共财物，按时吃饭、休息、睡觉。常常游戏、运动、锻炼身体……

改革中等教育学制

在政务院发布的《关于改革学制的决定》（以下简称《规定》）中，指出中等教育包括中学、工农速成中学、业余中学、师范学校和中等专业学校。

《规定》规定中学修业年限为 6 年，分初中 3 年，高中 3 年，均得单独设立。业余中学与之相同，但修业年限可各延长 1 年。

《规定》规定工农速成中学修业 3 年至 4 年，达到升入高等学校的基础水平。

《规定》规定师范学校修业 3 年，招收初中毕业生或同等学历者。

《规定》规定各类中等专业学校修业年限因专业而不同，在 2 年至 4 年之间。

1952 年 3 月，教育部颁发试行《中学暂行规程（草案)》（以下简称《规程》），提出中学教育的任务是：

用马克思列宁主义的理论与中国革命实践相结合的毛泽东思想和普通文化知识教育青年一代，使他们的身心获得全面的发展，以便为升入高等学校或参加建设工作打好基础。

《规程》指出，中学应对学生实施智育、德育、体育、美育等全面发展的教育，并分别规定了这四类教育的主要目标：

中学修业年限为6年，分初中3年，高中3年，可以合设也可以单设。中学由省、市文教厅、局实行统一领导，必要时也可委托专署或县人民政府领导。中学采取校长负责制，必要时得设副校长，协助校长处理日常校务。

中学的教学计划和课程设置，几年中屡有变动。

1953年5月，中共中央政治局举行会议讨论教育工作，决定"要办重点中学"。

在当年的5月26日，教育部发出通知，要求在全国积极充实和重点办好高级中学和完全中学，以逐步提高中学教育质量。

1953年6月，教育部在北京召开第二次全国教育工作会议，提出《关于有重点地办好一些中学与师范的意见》，确定在全国省、市总计办理重点中学194所，占全国中学的4.4%，是为我国办理重点学校的开端。

1952年，苏州市的草桥初中部并入苏州市第一中学。同时，东吴大学附中高中和景海女师并入苏州中学，改称江苏省苏州高级中学。

1953年，苏州高级中学被确定为江苏省重点中学，同年也被教育部确定为全国首批24所重点中学之一。在这以后的17年中，苏州中学成为在全国知名度很高的高级中学。

苏州市第一中学的教师盛宣光，于 1952 年上海光华大学英语系毕业后，任苏州第一中学的英语教师。从此，盛宣光就把学校当成了自己的家，把学生视为自己最亲的亲人。

为了节约上课写板书的时间，盛宣光总是用课余时间，先把讲授要点写在小黑板上，以便课堂上用更多的时间给学生讲解。在几块小黑板上，都是盛宣光用粉笔写的密密麻麻的中、英文。

每天 6 点过一点儿，盛老师就来到学校打扫校园卫生，为办公室打开水。每天晚上，盛老师办公室的灯光总要亮到十一二点，他忙着为学生批改作业、备课。

从 20 世纪 50 年代起，盛宣光就不断在全国各种中学英语刊物上发表文章，他教的班英语成绩长期名列年级第一，学生考上大学英语专业的就有几十个，有的还成了大学英语教授。

广州诗社副社长杨永权，是在 1953 年进入知用中学读书的，当时知用中学是广州市内一所著名的私立中学。

杨永权说，作为一所私立学校，在 1953 年知用中学的学费是 38 元，而公立学校的学费仅为 5 元。

知用的科学馆，一直以来让知用师生引以为自豪。这里有 100 多部德国制造的显微镜，在当时的中学中称得上是最先进的。

此外，科学馆里还陈列着各式各样的动植物标本、昆虫标本等，令人目不暇接。

杨永权说，那时到科学馆上课，是一件令人愉快的事。这里实验设备格外齐备，同时还有当时广州学校中少有的阶梯课室，老师在这里演示各种各样的实验。生物课上，他们就在这里解剖兔子、青蛙等，别提有多新鲜了。

杨永权说，知用中学的老师很有才华。素有"英文辞典"之称的张瑞权校长，那时已有 50 多岁，满头银发。张瑞权是知用中学的创始人，带领学校闯过无数风雨，生活却非常朴素，总是一身灰色中山装，脚穿旧皮鞋。他非常和蔼，平易近人，与老师学生都很亲近。特级教师盛祖俊，教的是地理，在话剧方面却颇有造诣，常会亲自登台表演。历史老师胡庆初，讲课十分生动，他曾是国文教员，满腹经纶，很有文学功底。

正是这一大批热爱教育的良师们，有力地推进了中学教育的改革，从而使新中国的教育事业蓬勃发展，取得了令人惊喜的成绩。

改革高等教育学制

在政务院发布的《关于改革学制的决定》中，指出：高等教育包括大学、专门学院和专科学校，应在全面的、普通的文化知识教育的基础上给学生以高级的专门教育，为国家培养具有高级专门知识的建设人才。

规定大学和专门学院修业年限以 3 年至 5 年为原则，专科学校修业年限 2 年至 3 年。各种高等学校得附设专修科，修业年限 1 年至 2 年。

规定大学和专门学院于本科之上需设研究部，修业年限 2 年以上，培养高等学校的师资和科学研究人才。同时规定，高等学校毕业生的工作由政府分配。

从 1952 年秋季开始，高等学校开始进行教学改革。这次改革学习苏联的教育理论和高等学校的模式，采用苏联高校的教学计划、教学大纲乃至教材，运用苏联学校设立的各个教学环节，普遍成立教学研究室，搬用苏联学校的一些规章制度等。

从 1952 年起，全国高校除个别学校经教育部批准外，一律参加统一招生。中央成立全国高等学校招生委员会。招生日期、考试科目由全国统一规定。高等学校毕业生统一分配工作，先后由人事部、高等教育部、国家计委和国务院人事局办理。

1954 年 10 月，高等教育部决定中国人民大学、北京大学、清华大学、哈尔滨工业大学、北京农业大学、北京医学院 6 所学校为全国性的重点学校。其主要任务是培养质量较高的各种高级建设人才及科研人才，为高等学校培养师资，在培养师资、教学工作和教学资料等方面经常给其他学校以帮助。

此外，还进行必要的重点试验工作，接受外国留学生及创设函授等任务。这是新中国设立重点高等学校的开始。

中国科学院院士蔡睿贤，曾于 1951 年至 1956 年先后在清华大学、北京航空学院、交通大学就读。

那是在 1951 年的时候，即将从中山大学附中高中毕业的蔡睿贤，朝气蓬勃，充满自信。他本可以保送上中山大学，但梦系蓝天的蔡睿贤，一心想学最尖端的航空科技。于是他便放弃了保送，报考清华大学，并如愿以偿地进入清华大学航空系。

蔡睿贤在清华念了一年之后，便赶上院系调整，于是转入当时的北京航空学院，学习发动机制造专业。由于当时的客观原因，蔡睿贤不得不转入交通大学学习。

在交通大学，蔡睿贤继续学习先进的发动机，即涡轮机专业，并从此与燃气轮机结下了不解之缘。

在大学里，蔡睿贤是德、智、体全面发展的佼佼者。他不唯书本、不唯权威，善于独立思考。一本当年苏联《材料力学》教科书翻译本，被他挑出了多处错误，并一一注明改正。

在蔡睿贤离开北京航空学院去交通大学的时候，教材料力学的老师找到他，希望他能把那本改过的教科书留下来。

1956 年，蔡睿贤以涡轮机专业课程全部满分的成绩从交通大学毕业后，被著名工程热物理学家、叶轮机械三元流动理论的创始人吴仲华点名要到清华大学燃气轮机教研组，做吴先生的助手。

在清华，蔡睿贤创造性地发展了吴仲华的叶轮机械三元流动理论，全面发展了中心流线法，使其计算精度与速度均有 10 倍以上的提高。蔡睿贤指出吴仲华理论还应加上环壁约束条件，并导出了其简明公式，给出了可模拟叶轮机械三元流动的解析解。他的这些早期成果荣获了中国科学院一等奖。

高等院校正是在进行全面的、普通的文化知识教育的基础之上，给了许多优秀学生高级的专门教育，进而为新中国培养了具有高级专门知识的建设人才，为国家的富强提供了强大的智力支持。

五、 改善学生健康状况

● 1952 年，毛泽东还为号召全民健身题了词：发展体育运动，增强人民体质。

● 毛泽东主持会议，并作出决定：要注意青年健康。学生健康不好，要增加营养，搞好卫生，减少负担，克服忙乱现象。

毛泽东指示健康第一

在 1949 年 12 月召开的第一次全国教育工作会议之后，在贯彻全面发展目标的过程中，马叙伦了解到由于中华人民共和国成立不久，经济刚刚恢复，人民生活还十分困难，加上学生的课外活动过多，学习负担过重，学生的健康受到严重影响。

当马叙伦得知学生健康水准一般下降的统计情况后，在参加中国人民政治协商会议第一届全国委员会第二次会议期间，在会议休息时，他及时地把情况报告给了毛泽东。

毛泽东知道情况后，立即指示：

健康第一。

1950 年 6 月 19 日，毛泽东又致信马叙伦，说：

马部长：

另件奉还。此事宜速解决，要各校注意健康第一，学习第二。营养不足，宜酌增经费。学习和开会的时间宜大减。病人应有特殊待遇。全国一切学校都应如此。高教会已开过，中小两级宜各开一次。以上请考虑酌办。

　　此致

敬礼

　　　　　　　　　　　　毛泽东

　　　　　　　　　　　　六月十九日

　　于是，在同年 8 月，教育部颁发《小学体育课程暂行标准（草案）》，将其体育教学目标明确为：

　　　　培养儿童健康技能、健美体格，以打好为人民、为祖国的建设战斗而服务的体力基础，培养儿童游戏、舞蹈、体操等运动兴趣和习惯，以发展身心，并充实康乐生活，培养儿童国民公德和活泼、敏捷、勇敢、遵守纪律、团结、友爱等品质，以加强爱国主义思想和集体主义精神。

　　1951 年 1 月 11 日，中共中央华东局、青年团华东工委关于学校工作，给华东各地党委、团委并报中共中央、青年团中央的电报中，第三项就谈到：

　　　　由于国民党长期反动统治的结果，学生体质孱弱，患病者很多。但解放以来，各地未能很好注意"健康第一，学习第二"之原则，因此造成公立学校之体格最差，大学比中学又差的现象严重存在，这点应引起十分警惕。应按华东高教会议的规定，适当减少正课时间，照顾学生健康需要。

1 月15 日，毛泽东再次致信马叙伦部长：

夷初先生：

关于学生健康问题，前与先生谈过，此问题深值注意，提议采取行政步骤，具体地解决此问题。中共华东局一月十一日电报一件付上请查阅，其中第三项即谈到此问题，提出"健康第一，学习第二"的方针，我以为是正确的。请与各副部长同志商酌处理为盼！

敬礼！

毛泽东

一月十五日

马叙伦在读罢这两封信之后，不禁为共和国领袖对教育工作，特别是对学生健康问题的关注而深深感动。

政务院颁发改善健康状况决定

　　根据毛泽东的批示，马叙伦领导教育部，并亲自组织干部调查研究，提出解决学生健康问题的具体措施，如规定学生自习时间、睡眠时间、体育文娱活动时间，减轻学生负担，改进学校伙食工作、卫生工作等，并就增加学生补助、精简课程、课外活动等提出了具体的办法，还将其作为 1951 年教育工作的指导方针和主要任务重点落实，切实解决问题。

　　在此后不久，教育部采取调整学生"人民助学金"，增设照顾患病学生营养的"特种人民助学金"，精简课程、教材和学生的课外活动，整顿学校教学秩序等一系列措施，贯彻毛泽东关于学生健康问题的指示。

　　1 月 18 日，马叙伦致信毛泽东，汇报了邀集财政部、卫生部、青年团、学联及有关部门洽商此事，并请卫生部给学生做一次全面的检查。

　　3 月 19 日至 31 日，教育部在北京召开第一次全国中等教育会议，会议讨论通过了《关于学生健康问题的决定》。

　　4 月 5 日，《人民日报》为此专门发表了社论。

　　在 7 月，政务院召开政务会议，专门讨论学生的健康问题。这次会议发布了《关于改善各级学校学生健康状况的决定》。

此后，毛泽东多次在不同场合作出了要努力改善学生健康状况的指示，中央人民政府及教育部等国家机构也制定了一些改善学生健康状况的规章制度。

8月6日，中央人民政府政务院颁发了《关于改善各级学校学生健康状况的决定》（以下简称《规定》），《规定》指出：

目前全国各级学校学生健康不良的状况颇为严重，增进学生身体健康，乃是保证学生完成学习任务，并培养出强健体魄的现代青年的重大任务之一。各级人民政府教育行政部门，及各级学校教职员工，必须严肃注意这一问题，立即纠正忽视学生健康的思想和对学生健康不负责任的态度，切实改善各级学校学生的健康状况。

《规定》中要求：一是调整学生日常学习及生活的时间；二是减轻学生课业学习与社团活动的负担；三是改进学校卫生工作；四是注重体育、娱乐活动；五是改善学生伙食管理办法；六是学校经费的支配，应适当地照顾保健工作的需要。

《规定》还要求各级人民政府教育行政部门，应遵照各项规定，督促指导所属各级学校，根据城市或乡村的条件及学校的不同情况，定出改善学生健康状况的计划及实施办法，严格执行，并定期进行检查。

《规定》还要求将学校的保健工作作为对学校考绩的主要项目之一，并按成绩优劣及时予以表扬、奖励或指责。《规定》还指出：各级学校、各级人民政府教育行政部门，于学期结束时，应将学生健康状况及处理经过向上级做专题报告。

为贯彻执行政务院的《规定》，全国各地学校、机关展开了广泛的讨论，各地根据不同的具体条件，制订出具体施行的方案。特别对《规定》中所规定的减轻课业及课余活动负担、加强体育娱乐、改进伙食管理等方面，采取了具体解决办法，并在执行的过程中着重解决学习与健康统一的关系问题。

由于采取了一定的有效措施，全国学生的健康状况有了明显的改善。

毛泽东号召发展体育运动

1952 年，教育部和国家体委联合颁布了《学校体育工作暂行规定》，指出我国学校体育的基本目标是：

促进学生身心发展，增强体质，并对学生进行道德品质的教育，使他们能很好地完成学习任务、从事社会主义建设和保卫祖国。

为达到这一目标，教育部于 1952 年在《各级各类学校教育计划》中正式规定：

从小学一年级到大学二年级均开设体育必修课，每周 2 学时。

1952 年，毛泽东还为号召全民健身题了词：

发展体育运动，增强人民体质。

1953 年 5 月，中共中央政治局举行会议讨论教育工作，毛泽东主持会议，并作出决定：

要注意青年健康。对大、中学学生要增加助学金。学生健康不好，要增加营养，搞好卫生，减少负担，克服忙乱现象。

6月30日，毛泽东又对"减负"工作作出重要指示：

十四岁到二十五岁的青年们，要学习，要工作，但青年时期是长身体的时期，如果对青年长身体不重视，那很危险。

毛泽东认为，青年人"就是要多玩一点，要跳跳蹦蹦"，教育教学工作要"适合青年的特点"，要充分兼顾"工作学习和娱乐休息睡眠两方面"。

他说："现在初中学生上课的时间也多了一些，可以考虑适当减少。积极分子开会也太多，也应当减少。"

毛泽东还批评了当时"只抓紧了一头，另一头抓不紧或者没有抓""不照顾青年的身体"的弊端。他认为，是否"为青年着想"，是否"保护青年一代更好地成长"，是一个方针问题，是新旧社会的一大不同之处，"新中国要把方针改一改，要为青少年设想"。

与此同时，毛泽东提出"要使青年身体好、学习好、工作好"的"三好"思想。

在此思想方针的指导下，1953年，教育部组织翻译了苏联十一年制体育教学大纲，向全国体育教师进行介绍。

1956 年，以苏联体育教学大纲为蓝本，教育部先后颁发了全国统一通用的《小学体育教学大纲（草案）》和《中学体育教学大纲（草案）》。从此《体育课程标准》改称为《体育教学大纲》。

1957 年，我国出版了中小学体育教学参考书，从而使体育教学工作者有了统一的规范要求。

同年，毛泽东要求省、地、市三级第一书记要管好"教材要减轻，课程要减少"一事，把第一书记作为"减负"的第一责任人。

1957 年 2 月 27 日，毛泽东在《关于正确处理人民内部矛盾的问题》讲话中，从教育的方向性、根本性方面明确提出：

> 我们的教育方针，应该使受教育者在德育、智育、体育几方面都得到发展，成为有社会主义觉悟的、有文化的劳动者。

这一方针为"减负"工作提供了理论依据和原则要求，使教育工作沿着正确的道路健康发展。

3 月 7 日，毛泽东在与省市教育厅长、局长座谈中小学教育问题时，提出"教材要减轻，课程要减少"。

1964 年 2 月 13 日，毛泽东在教育工作座谈会上指出：

教育的方针、路线是正确的，但是方法不对。我看教育要改变，现在这样还不行……学制可以缩短。

课程多、压得太重是很摧残人的。学制、课程、教学方法、考试方法都要改。

对于课程，毛泽东说：

我看课程可以砍掉一半，学生要有娱乐、游戏、打球、课外自由阅读的时间。

对于考试方法，毛泽东说：

现在的考试办法是用对付敌人的办法，实行突然袭击。题目出得很古怪，使学生难以捉摸，还是八股文章的办法，这种做法是摧残人才，摧残青年，我很不赞成，要完全改变。

毛泽东还举了孔夫子、李时珍、富兰克林、瓦特、高尔基自学的事例。

同年3月，在对北京铁路二中的校长魏连一请求为学生减轻过重负担的来信批示中，毛泽东提出：

现在学校课程太多，对学生压力太大，讲

授又不甚得法。考试方法以学生为敌人，举行突然袭击。这三项都是不利于培养青年们在德、智、体诸方面生动活泼地主动地得到发展的。

11月9日，毛泽东在一次谈话时再次指出：

反对注入式教学法，连资产阶级教育家在"五四"时期就早已提出来了，我们为什么不反？

1965年7月3日，毛泽东在看了《北京师范学院一个班学生生活过度紧张，健康状况下降》的材料后，给中宣部部长陆定一写了信：

学生负担太重，影响健康，学了也无用。建议从一切活动总量中，砍掉三分之一。请邀学校师生代表，讨论几次，决定实行。如何请酌。

从以上这些史料中，可以看出毛泽东对"减负"工作的高度重视，他要求通过改革课程设置和教学方法，促进学生身体健康和心理健康。

根据毛泽东的指示精神，在教育部和全国各级各类学校的一致努力下，学生的健康状况逐步得到改善，精神面貌焕然一新。

六、 高教部成立

●周恩来赞扬说："高等教育部在过去一年的院系调整工作中是有成绩的。"

●马叙伦说："为培养具有健全体格的建设干部……必须认真贯彻有关增进师生健康的各种措施，要减轻学生课内外过重的负担。"

马叙伦就任高教部部长

1952 年 11 月，中央人民政府增设高等教育部，马叙伦被任命为高教部部长，集中领导占有突出地位的培养高级建设人才的工作。

1953 年 1 月中旬至月末，中央文化教育委员会组织召开各大区文教委员会主任会议。

在这次会上，讨论和制订了 1953 年文教工作计划，确定了"整顿巩固、重点发展、提高质量、稳步前进"的总方针。同时特别指出：

教育是文教工作的重点，而教育工作的重点是高等教育。

在总结几年来的工作时，参会人员一致认为文教工作"获得显著成绩"。马叙伦备受鼓舞，因而更加坚定决心，希望贡献余年，为新中国的教育事业作出更大贡献。

马叙伦在这次文化教育委员会主任会议上发表了讲话，他回顾了主持教育部工作期间改革高等教育的情况。

作为教育部部长和高等教育部部长的马叙伦，在领导教育部改革教育内容方面做了大量的具体工作。他说："本着有计划有步骤，以及谨慎进行改革的方针，教育部领导各校从教育内容着手，进行课程改革，力求适合国家建设需要。"

这次会议之后，根据精简的原则，马叙伦领导高教部，有重点地设置和加强必需的和重要的课程与内容。加强教学和实践结合，将实习和参观作为教学的重要内容。并开展革命的政治思想教育，增设新民主主义理论课，取消了反动的课程。

同时，高教部还草拟了文法学院9个系、理工学院11个系、农学院4个系，以及专修科54种课程的改革方案，还提出进行改编教材、改进教学方法、改变教学组织等工作。

为了改革全国师范教育，马叙伦主持教育部，以北京师范大学为试点进行了行政领导、院系调整、课程、教材、教法等的全面改革，取得了经验，并促进了全面工作。

教育改革使高等教育发生了根本性的变化。学校开始改变了教育脱离实际的现象，教学内容也逐渐适应了国家建设的需要，许多工农及其干部进入大学学习；教师也由于参加了思想改造，树立了为人民服务的思想。从而使教育面貌焕然一新，给"开始有计划地进行教育建设创造了必要的条件和基础"。

高教部成立后，马叙伦领导高教部，不辞辛苦，立即着手讨论和制订1953年高等教育工作的方针、任务，以及教育建设的计划要点。

马叙伦与几位副部长多次召开会议，反复研究，遵循文教会议精神，在高等教育原有的工作基础上，提出：

1953年高等教育以继续进行院系调整、大量培养师资、稳步贯彻教学改革为工作重点，而以提高教学质量为中心任务。

同时，还针对当时经济建设的重点是工业，工业建设的重点是重工业，又确定了：

高等教育和中等技术教育应以培养高等和中等的工矿交通技术人才为首要重点。

经过紧张的工作，在1953年2月，高教部的教育工作方针、任务以及教育建设计划要点等，大致都确定了下来。

2月10日，马叙伦通过高教部，邀请华北区各高等学校负责人来部座谈，他传达了1953年高等教育的方针、任务和计划要点，并征求意见。

在座谈中，马叙伦还针对以前工作中存在着盲目发展、只追求数量不讲求质量，以及平均使用力量等问题，着重指出："发展是有重点的，百废俱举，必致一事无成。"他还指出要"分别缓急，保证质量"。

马叙伦还多次强调要按计划办事，他说：

从无计划到有计划，到按照计划办事，这是一个新的课题，在领导思想上需要有一个大的转变。

要少花钱，多办事。

尤须爱惜人力物力，发掘潜在力量，有效地发挥工作效能。

这次座谈会，使各基层负责人深刻领会了高等教育的方针、任务和部署，又集思广益，使计划更加完善和切合实际，有利于贯彻和全面推行高等教育的有关工作。

着力改变院校忙乱现象

从 1952 年 12 月开始，马叙伦和高教部的几位领导同志，深入调查研究了全国各高等学校的教学改革情况，了解到各个学校的成绩都很突出。但是，比较多的学校也存在忙乱现象，特别是教师和学生的负担过重。教师每周工作量达 60 至 70 小时，理工科一年级学生每周学习量达 60 学时左右。

马叙伦发现这一情况后，极为重视，他对部里同志说：

为培养具有健全体格的建设干部……必须认真贯彻有关增进师生健康的各种措施，要减轻学生课内外过重的负担。

马叙伦及时领导大家研究措施，设法克服这种现象。不久，马叙伦主持召开了京津各地高等学校负责人座谈会，听取了各校的汇报，共同分析了问题出现的原因。

在这次座谈会上，与会人员一致认为，主要是缺乏教育改革经验，准备不足，计划性不够和具体组织工作薄弱造成的，再加上院系调整、改组学科、设置专业、采用新教学计划、改变课程、改革教学内容和教学方法等工作连续地甚至齐头并进，致使出现忙乱的现象。

针对这些情况，马叙伦代表高教部，明确提出以下四点意见：

一、教学改革必须有重点、有条件、有准备地进行，以一年级为重点，不宜无充分准备而全面展开；

二、采用苏联的教学计划、教学大纲与教材，应在不破坏科学系统整体性的原则下，结合中国的实际情况，加以压缩、精简或补充；

三、根据学生程度加以分班，积极帮助程度差的学生，补习重点课程；

四、考虑减少或减缓一些课程，以减轻师生负担。

在会后，高教部又组织了 3 个小组分赴天津大学、清华大学、地质学院进行实地调查，同时帮助各校克服忙乱现象。

天津大学由于教改较稳，忙乱现象不甚严重；清华、地质两校采取了加强教学工作的计划性，以及改变一年级学生学习方法等措施，忙乱现象也得到了初步克服。

1953 年 1 月，高教部再次召开京、津两地高等学校负责人及教师、学生代表座谈会，交流了贯彻高教部精神的措施，交换了克服忙乱现象的经验和情况，进一步明确了今后的工作方向，更加深入地领会了中央对教学改革的稳步前进的方针。在这一工作中，高教部还把经验和情况及时通报给了全国各校。

由于马叙伦和高教部的重视，采取的措施得当，层层贯彻，重点深入，上下结合，因而使各校忙乱的现象到3月上旬基本上得以纠正，教学效果也有所提高，这使呕心沥血于新中国教育事业的马叙伦甚感欣慰。

3月13日，马叙伦把教学改革的情况和问题向政务院做了报告。在报告中，他进一步指出克服忙乱现象只是"一时措施"。为切实做好教学改革工作，教师工作是一个重要环节。

马叙伦在汇报时说："教师是贯彻教学改革，提高教学质量的关键。"但高等学校教师数量严重不足，尤其是理工科师资特别缺乏，质量也适应不了需要，成为影响教学改革和教学质量提高的"最严重也是最根本的问题"。

接着，马叙伦提出了具体的解决措施：

领导广大教师系统地学习马克思列宁主义，提高教师的思想水平和教学积极性；加强教学研究，举办讲习班，召开教学讨论会，请苏联专家报告，学习苏联教育经验，以及组织生产实习，提高教师的教学水平；同时大力培养新师资，扩大增派留学生数目，多留研究生或助教，选择师资、设备较好的高等学校，聘请苏联专家或我国教学水平较高的教授通过研究室、短训班或以带徒弟的方式进行培养。建议中央有关部门，调剂有实际经验和技术水平较高的人员，到高等学校担任行政领导工作或教师，加强学校领导骨干和弥补教师的严重不足。

在汇报中，马叙伦还强调：

学校应以教学为中心，并指出，这是做好教学改革的另一环节。要求校外任何系统，均应通过学校的适当领导机关来统一部署师生员工的各种活动，不得各成一套；学校各级负责人均要集中精力办好学校，搞好教学。

这份报告得到了政务会议的一致批准，成为国家法规性文件，在实际工作中起到了重要的指导作用。

经过一系列卓有成效的工作，一大批教学骨干和新的师资力量迅速地成长，逐渐解决了某些课程不能开设的困难，为进一步调整院系、设置专业、进行教学改革、提高教学质量，创造了重要条件。

马叙伦认为，贯彻理论结合实际的原则，是教学改革的又一项重要内容，也是提高教学质量的必要措施。因此，他很重视学生的生产实习。马叙伦说：

生产实习是使学生的理论知识密切联系实际，并使学用一致的重要方法之一。

但是，生产实习是教学中的新生事物，各校都缺乏这方面的经验。当马叙伦了解到，中国人民大学和哈尔滨工业大学等校的生产实习比较好，有了一定的成绩时，他就热情地给予了鼓励，并总结经验。

马叙伦具体地向各校介绍了两点：

一是这些学校的负责同志在思想上重视了生产实习工作。他们不仅设置了生产实习工作的专管机构，亲自动员报告，在实习前派专职干部和业务上有经验的教师前往实习场所了解情况，做一切必要的准备工作。而且在实习后，又亲自主持汇报讨论，总结经验。

二是这些学校的生产实习也得到了实习所在机关、企业领导的重视和大力支持。中国人民大学的工厂管理系电业班的学生在天津发电厂实习时，厂长亲自领导，解决了许多实习中的具体困难。哈尔滨工业大学的学生在东北机械局第五厂实习时，厂长在全体干部会上做了动员报告，并指定了专人负责。学生到厂时，厂内各有关单位都拟订了配合学生实习的工作计划，给以具体的帮助，还引导学生参加厂内的各项社会活动，组织学生与劳动模范座谈，使学生们受到了很大的教育和实际锻炼。还有的学校与所在的实习机关、企业订立了长期的生产实习合同，互助合作，密切了学校与企业的联系。为教学与生产相结合及科学研究与技术改进相结合开了道路。

在总结新的经验的基础上，高教部又发布了《关于高等工业学校拟订、修订和交流生产实习提纲的通知》和《高等学校与中等技术学校学生生产实习暂行规程》等，将经验法规化、具体化，以利于贯彻执行。

高教部推动高等院校发展

1953 年 5 月，马叙伦按照政务会议的安排，报告了高等学校院系调整的情况和计划。他说：

> 鉴于大规模的、有计划的经济建设已经开始，为使高等学校院系分布进一步趋于合理，人力物力的使用更为集中，各类专门人才的培养目标更为明确，拟于 1953 年继续院系调整工作。调整的原则，仍着重改组旧的庞杂的大学，加强和增设工业高等学校，并适当地增设高等师范学校；对政法、财经各院采取适当集中。

> 调整工作的部署"以中南区为重点"，华北、东北、华东三区主要进行专业调整。西南、西北两区进行局部的院系或专业的调整。

马叙伦还报告了改变高等学校领导关系等工作，这些都得到了会议的批准。

周恩来赞扬说：

> 高等教育部在过去一年的院系调整工作中是有成绩的。

总理的赞扬令马叙伦的内心十分激动。当马叙伦回到部里工作后，他及时地传达了政务会议的精神和周总理的意见，大家都颇受鼓舞，积极讨论落实。

在数日后，依据各校师资、设备和基本建设等情况，确定了高等院校的调整方案。在调整工作开始时，马叙伦要求具体工作人员要做到"有充分准备，充分酝酿，各方协商妥当，然后实施"。

经过半年多的工作，高等教育的院系调整基本完成。我国的许多省份都有一所综合性大学和工、农、医、师范等专门学院，几所大学都改造成了多学科性的工业大学。

经过院系调整，在高等工科学校中，基本建成机械、电机、土木、化工等主要工科专业比较齐全的体系，设置了294种专业，其中工科137种，从此改变了中国不能培养比较配套的工程技术人才的落后状况。

高教部领导的这个院系调整工作，尽管由于种种原因，存在着削弱文法、财经等学科，以及专业设置过细、专业面过窄等缺点，但是它却从根本上改变了原来大学设置混乱、系科重叠、教育脱离实际的状况，从而能按照国家建设的需要，有计划地培养各项专门人才，能够为建设事业服务。

在高等教育的改革和建设中，马叙伦看到高等工业院校比重增加，任务繁重，新办院校又无经验，他十分关心这些学校的工作和发展。他认为，建立学校只是工作的起点，还需下苦功夫，要真正办好院校，为国家输送合格的人才。

7月中旬，马叙伦主持召开了全国高等工业学校行政会议，并做了《关于全国高等教育的基本情况和今后方针与工作的报告》。

在谈到今后改进高等教育工作的具体方针时，马叙伦针对当时高等教育存在的重量轻质、贪多冒进、要求过急的偏向，指出：

> 必须本着实事求是的精神，兼顾需要与可能，在巩固的基础上稳步前进，照顾全面，而又必须掌握重点，适当地集中使用力量。

马叙伦提出，培养人才也要有重点，"力求与国家建设，特别是工业建设的需要相适应"。

马叙伦还针对当时大量办的是专修科提出：要"同时兼顾国家目前的迫切需要和长期建设的需要"，逐渐增加本科，以"培养高级技术人才"，这"正是经济建设一个决定性的条件"。

接着，马叙伦部署了"一切工作围绕提高教学质量的中心任务"。他特别强调了"改进领导工作是完成任务的关键"。

马叙伦本着对领导严要求、高标准的原则，再联系到高教部和各校领导工作很不深入的情况，指出：

　　不注意调查研究，或有调查而无研究，了解情况不全面不透彻，不能切合实际地指导推动工作等问题。

马叙伦特别指出：

　　需要用力地解决三个问题：第一，要很好地贯彻反官僚主义的斗争，切实深入检查工作，摸清家底，研究及解决所发现的问题，总结经验，吸取教训，提高领导；其次，必须抓紧理论学习，进一步钻研方针、政策，及结合具体工作认真学习苏联的教学经验；第三，在领导方法上则须学会掌握重点，集中力量抓紧解决关键性问题。

马叙伦还着重指出：

　　要首先掌握高等工业教育及大学理科这两个重点，抓紧教学改革这个中心环节。在工作方法上，则必须大力培养典型，组织交流经验，以加强具体指导。

随后，马叙伦立即组织了高教部有关人员，深入基层，从典型入手，指导全面工作。高教部曾着重检查了北京若干学校的保健设施、文娱体育活动、伙食管理以及其他卫生医疗工作，并进一步了解情况，总结新经验，及时推广到全面工作之中。

同时，高教部还选择典型，重点领导修订教学计划的工作。集中各校水平较高的教师和专家，修订了"工业与民用建筑""机械制造工艺"等五个本科专业，以及"金属切削加工"等两个专科的统一的、适合一般学校水平的教学计划。

根据重点修订7个专业教学计划的经验，又确定了采取"分别修订、集中订正"的方式，继续修订其他专业的统一教学计划，并组织了经验交流，举办了各校编译教材的展览等。

对于某些高等学校，高等教育部也进行了重点深入的指导和帮助。特别是鉴于清华大学已经发生了巨大的变化，由过去的英美式资产阶级的旧式大学，已被改造成了五年制的新型多科性的工业大学。为此，高教部认为，办好该校对改进高等学校，尤其是理工科大学极为重要。

马叙伦于是领导高教部，集中了较强力量深入到清华大学，进行了细致的调查研究，帮助总结经验，并公布《关于清华大学的决定》，介绍该校学习苏联五年制高等工业学校的经验、开展科学研究的经验。并提出聘请专家、配备师资和干部、保证新生质量、扩充设备，以及进行基本建设等方面的办法。

高教部又和第一机械工业部联合发出了《关于哈尔滨工业大学的决定》，推广两校经验，以供各高校学习和借鉴。

在高教部的领导下，各高校进行了一系列改革，有力地推动了当时高等院校的快速发展，奠定了中国高等教育的坚实基础。

纠正对综合大学的认识偏颇

在院系调整和教改向深入发展的过程中，马叙伦了解到一些综合性大学的教师和学生，乃至少数学校负责人产生了一种思想倾向，他们认为：综合大学无关紧要，前途不大，部分中学生也不愿报考。对此，马叙伦很重视这一问题，立即派人进行深入调查研究。

经过调研，分析原因主要存在四点：

第一，由于执行调整、改革方针过急，独立出来或新设立的院校过多，致使个别综合大学力量被削弱，被分散；

第二，在某些地方调整时，未能照顾到某些大学原有的优点与科系特长，及其本身的实际需要。或者移重就轻，使其多年积累起来的能代表该校特点的教学基础失掉应有的作用。或者把某些重要科系连根拔掉，使该校其他相关科系的教学和研究工作受到很大影响；

第三，在某些综合大学里，过多举办了工科性质的专修科或中等技术性和短期性的训练班，使教师们额外负担过重，影响了本科教学，因而综合大学性质更使人觉得模糊不清；

第四，在师资和设备的调配上，有的地方未能完全按照综合大学与各种专科院校性质和任务的不同，通盘筹划，使人尽其才，物尽其用。

看到调研结果后，马叙伦深深感到端正认识、统一思想、落实综合大学的方针、任务的必要性。

1953 年 9 月 10 日，马叙伦主持了全国综合大学会议，并亲自做了《关于综合大学的方针和任务的报告》，阐述了综合大学的性质、地位和作用。他指出："综合性大学是国家文化科学发展的一个重要标志，是高等教育的基础。"它是侧重于"较博较深较专的理论教育的。它主要是一个教学机构，但同时也是一个研究机构，教学与研究工作是相互为用，相互提高的"。

马叙伦又阐明了综合大学的任务和培养目标，他说：

它的特定任务，主要是培养在理论或基础科学方面从事研究工作或教学工作的专门人才。
……
学生具有较高深的理论水平与较广阔的科学知识，以能通晓一般自然科学或一般社会科学的各种基本规律，使其具有良好的基础，再逐步进行专业训练，逐渐养成能独立地创造性地进行研究工作和教学工作的能力，并善于在

马列主义方法论的基础上解决自己专业方面的
某些理论和实际的问题。

这次会议还部署了院系调整、专业调整和设置、制
订教学计划原则、师资培养和科学研究等项的具体工作。
这次会议是我国综合大学发展的重要转折点。

1954年3月，我国第一部宪法起草委员会成立，马
叙伦任委员。在第一次会议上，马叙伦听取了中共中央
起草的《中华人民共和国宪法草案（初稿)》报告后，
感到异常兴奋。回到高教部后，他和几位领导同志说：

我们的宪法公布后，社会主义建设事业会
更快地发展，培养建设干部的任务更艰巨了。
我们教育部门的工作人员，应该在党的领导下，
在全国人民的监督和支持下，兢兢业业，努力
克服困难，发挥潜力，使高等教育工作更有效
地为伟大的社会主义建设服务。

1954年9月，马叙伦应《光明日报》编辑部之邀，
发表了《四年来新中国的高等教育》一文，马叙伦在文
中总结说：

随着民族解放战争的伟大胜利……人民掌
握了政权。陆续接管国民党反动派所遗留的破

烂不堪的高等学校后，首先采取了积极维持，逐步改造的方针，使学校秩序稳定下来。并取消反动课程和反动的训导制度，增设马克思列宁主义的政治课程，使高等学校根本改变了它的反动性质。

接着，他从四个方面叙述了新中国高等教育的成绩：

一、大力贯彻了高等学校为工农开门的方针，改变了旧中国高等学校为少数人服务的性质；

二、接办外国津贴的高等学校20余所，肃清帝国主义文化侵略的影响；

三、开展了马克思列宁主义理论学习，进行了教师思想改造；

四、学习苏联经验，调整院系，设置专业，进行教学改革。

习仲勋曾代表党中央高度评价说：

马老在担任教育部长、高教部部长期间，同党内负责同志团结合作，认真贯彻执行党和国家的教育方针，为发展新中国的文化教育事业付出了很多的心血，成绩十分显著。

由于方向正确，我国高等教育获得了很大发展。据1953年统计，全国有高等学校201所，学生22万余人，比中华人民共和国成立前增加将近一倍。

从1950年到1953年，全国高等学校毕业生达到11.6万余人，有力地支援了新中国的各项建设工作，并发挥了积极作用，许多人成为各个岗位的骨干力量。

高教部领导的院系调整，奠定了新中国高等学校的基本格局，即分为综合大学和专门学院、专门学校两大类。综合大学与多科性高等工业学校由高等教育部直接管理，单科性高等院校委托中央有关业务部门负责管理，有些高等学校则委托所在地的大区行政委员会或省、市、自治区人民政府负责管理。

在调整高等学校院系的同时，对中等专业技术学校也进行了调整，其措施大体同于高等学校的调整。

那是1952年3月31日，政务院发出《关于整顿和发展中等技术教学的指示》，明确各级各类中等技术学校由各级人民政府与各有关业务部门分工领导，规定中等技术学校的方针和任务，提出各校逐步地实行专业化和单一化，务求学用一致。

1953年3月和4月，中等专业学校调整、整顿工作在全国范围内展开，至9月基本完成，取得了很大成功。

七、 全国工农教育

● 中央领导均指出："这次会议意义重大，是中国历史上第一次将工农的教育提到国家的议事日程上来的历史性的大会。"

● 马叙伦说："把工农教育问题列为国家教育工作主要的议事日程，是我国历史上的一件空前大事。"

● 马叙伦指出："工农教育的基本任务就是开展识字运动，逐步减少文盲。"

召开全国工农教育会议

1950 年 9 月 20 日，教育部和中华全国总工会在北京召开了第一次全国工农教育会议。

参加这次会议的有各级政府教育部门、各级工会及青年团中央、全国妇联的负责人，各产业管理部门及各大企业负责人，以及工农学习模范与模范教师等，共有代表 500 多人。

党中央和中央人民政府对这次会议极为重视，毛泽东、朱德、李济深亲临会场，接见与会代表。

朱德、李济深以及政务院副总理董必武、郭沫若、黄炎培、全国总工会副主席李立三等，都先后在会上讲话。重工业部副部长何长工、文化部副部长丁燮林在开幕式上发言。

中央领导均指出：

这次会议意义重大，是中国历史上第一次将工农的教育提到国家的议事日程上来的历史性的大会。

在会议开幕前，曾举行了为期两天的预备会，由各地政府教育部门与工会文教部门代表、工农模范教师、学习模范，分别做了典型经验与问题的报告，帮助到会代表考虑和了解工农教育中的问题，为会议的顺利进行准备了条件。

9月20日，会议正式开幕。教育部部长马叙伦致开幕词。他说：

> 伟大的人民革命的胜利，使创造中国历史和文明的劳动人民取得了作为国家基础的政治地位，也取得了享受各级正规教育的政治权利。
>
> 目前工农教育基本任务，一方面是根据各地区实际情况，有计划有步骤开展识字运动，逐步减少工农群众中的文盲；另一方面是进行工农干部文化教育，以培养工农知识分子。

马叙伦说：

> 把工农教育问题列为国家教育工作主要的议事日程，是我国历史上的一件空前大事。

马叙伦指出，工农教育的重要意义是：

> 有效地帮助工人、农民在文化上翻身，使他们掌握起文化科学的武器，使他们的智慧与才能得到充分的发挥，是巩固人民民主专政，

建设工业化的新中国的必要条件。

接着，马叙伦无限感慨地说："英勇勤劳的中国工人和农民，创造了中国的历史和文明，但在旧中国，他们却被剥夺了享有文明和教育的权利。这现象一直到中华人民共和国成立，才在全国范围内开始了根本的变化。"这个变化就是"当前整个国家的教育事业正在从过去为少数人独占，转变为给广大劳动人民服务的基础上来。中央人民政府把发展工农教育，培养工农出身的新型知识分子，作为自己极为重要的任务。国家对工人、农民的教育将继续日益扩大其范围，并为他们开辟无限光辉的前途"。

随后，马叙伦具体地阐述了工农教育的对象、基本任务和步骤。他指出：

工农教育，主要的是指在生产战线上的广大青年和成年男女工人和农民的教育问题以及培养工农知识分子的问题。

基本任务就是开展识字运动，逐步减少文盲。

马叙伦说，工农教育的步骤是，首先着重工农干部的文化学习；其次是选择有条件的工人区，以及土地改革后有条件的农村，在有组织的工人、农民中开展识字运动。同时，在全国范围内创造条件，积累经验，做全面扫除文盲的准备。

马叙伦还论述了培养工农出身的新型知识分子的重大意义，提出了实施方案等。

经过几天深入的讨论，会议取得了三个主要收获：

第一，会议明确地规定了开展工农教育就是巩固和发展人民民主专政的重要武器。当前工农教育的方针要根据当前国家的总体情况和总任务，以文化教育为主要内容，并适当地结合政治、生产技术和卫生教育，首先着重对工农干部和积极分子的教育，并逐步推广到广大群众中去。

第二，确立了几个重要措施，通过了关于开办工农速成中学和工农文化补习学校的指示，关于开展农民业余教育的指示等6个草案。这些草案都作为建议，提请政务院、中央教育部、全国总工会审查批准后颁布施行。

第三，会议交流了各地各部门有关工农教育的宝贵经验。

在第一次全国工农教育会议召开之后，各地代表根据会议精神，按当地情况分别拟订了实施计划和步骤，工农教育事业得到了迅速发展，千千万万工农群众及干部提高了文化或技术水平，在实际工作中发挥了更大作用。

全国大量创办工农速成学校

1950 年 12 月 24 日，周恩来以政务院总理的名义，签署《政务院关于举办工农速成中学和工农干部文化补习学校的指示》（以下简称《指示》）。

《指示》规定：

> 为了培养工农干部成为新的知识分子，使全国工农干部的文化程度能在若干年内提高到相当于中学水平，决定在全国范围内有计划有步骤地举办工农速成中学和工农干部文化补习学校。学生由各机关、工厂、学校有计划地抽调或选送。

《指示》还规定：工农速成中学修业年限为 3 年，其课程相当于普通中学的基本课程。招收参加革命工作 3 年以上的工农干部或有 3 年以上工龄的产业工人，并具有相当于高小毕业的文化程度，年龄在 18 至 35 岁。

工农干部文化补习学校修业年限为 2 年，其课程相当于完全小学的基本课程，招收参加革命工作 3 年以上的工农干部，且年龄在 18 岁以上。工农速成中学和工农干部文化补习学校的课程内容均须力求精减，使之切合国家建设的需要和工农干部的特点。

《指示》中还规定，为了奖励优秀的工农干部及产业工人入学，对离职学习的青年，在学习期间，其原有的军龄、工龄继续计算；供给制干部入学后，其政治和物质生活等待遇必须保持原来水平；工资制干部按其相当等级享受供给制待遇；工人按一般供给制待遇。

工农速成中学和工农干部文化补习学校教员的工资，应稍高于当地普通中学和小学教员的待遇。

通过参加工农速成中学班的学习，许多人的文化水平得到了显著提高。比如，解放军战士方衡，他的命运便是从上工农速成中学改变的。

1951 年，方衡 26 岁，作为一名解放军战士，他正随部队驻扎在北京城郊。

方衡的文化底子在部队里并不算低，父亲曾是乡村小学教师，所以方衡的语文、算术都不错。方衡向领导提出上学申请，但是连长和团长都不同意。

无奈之下，方衡提出转业，以复员军人身份转到一家小工厂工作。因为方衡在部队上立过一次三等功、两次四等功，到了地方上，工厂就按"功臣"对待他。方衡一申请上学，党委就批准了，于是方衡进了当时所在地首屈一指的速成中学。

方衡所在的这所学校，享受着很高的待遇。学校最早盖起了楼房，各科教师也是从最好的中学抽调来的。

1951 年，教育部在召开的全国第一次工农速成中学工作会议上，提出"今后工农速成中学在有条件的地区应向大学附设方向靠拢，这样师资、设备等都更容易解决"。因此不久，方衡所在的学校就成了一所大学的"附属"工农速成中学，有了大学预科的性质。

方衡毕业后参加了当年的高考，但是由于政审没合格，他没能上第一志愿，即留苏预备班，但被后来自己供职30年的大学录取了，成为一名令人羡慕的经济专业的大学生。

当时的师生关系很特殊，带着很强的时代特色，并不能单单以"尊师爱生"来概括。按照当时一位老师的话来说："你们都是对新中国有很大贡献的同志，我们尊敬你们。"

这种尊敬集中表现在教学态度上。有的学生连小学的加减法都不会，乘法口诀都是入学后才学的，更别说代数、几何了。要教会这样的学生，并把他们送入大学，对教师来说，难度之大可想而知。这个时候往往是老师死缠着学生。

方衡所在的班上有一位叫冯伯灿的同学，江西人，是个战斗英雄。当时战斗英雄入学年龄放宽到35岁，冯伯灿入学那年是34岁。

当时教几何课的老师很年轻，才20多岁，讲课很认真。这位小教员有很严重的脚气病，犯起病来，痒得钻心。为了能专心上课，他把袜子里放上些碎石子，痒了就用脚使劲蹭石子，最后10个脚趾都血淋淋的。一下课，他就赶紧找个没人的地方使劲挠脚。

冯伯灿行军打仗多年，治疗脚病有一套。他给小教员配了一些药糊糊涂上，据说都是些蝎子蜈蚣之类的东西，然后把自己的绑腿裁成几截给小教员包脚。

冯伯灿每天给小教员换药，洗绑腿，一日三餐给他打饭，每天背着他到教室，为他准备了椅子，让他坐着上课。整整一个月，小教员的脚气居然好了，而且从此再也没犯过。

冯伯灿在学校学了一年之后，因为底子实在太差，跟不上课了，便申请退学。小教员就像丢了魂似的，哭着闹着不答应。于是在校长和各科老师的挽留下，冯伯灿感动地留了下来。

3年后，冯伯灿的毕业成绩虽然中等偏下，但他从几乎是文盲，一跃成了高中毕业水平，这个水平足以在任何单位令人刮目相看。

1952年2月，中央教育部正式颁发《工农速成中学暂行实施办法》，规定学制为第一、第二届3年制，第三届以后为4年制。

教育"向工农开门"，这是普及教育之举。从此，工农速成中学在全国遍地开花。

到1954年，全国共建工农速成中学87所，招收学生6.47万余名。据对1953年在校的2.8万名学生统计，工农干部占56.3%，产业工人占25.5%，军人占18.2%，其中劳动模范339人，战斗英雄56人，先进工作者784

人。较好地体现了"向工农开门"的教育方针，以及培养优秀工农干部为新中国建设的办学宗旨。

工农速成中学不仅在普及，而且还在提高。早在1951年11月，教育部根据北京大学、清华大学附设工农速成中学的经验，就发出了《关于工农速成中学附设于高等学校的决定》，提出为给工农速成中学毕业学生创造条件，学生毕业后一般即可直接升入高等学校继续深造。

在同时期召开的工农速成中学工作会议上，又制订了工农速成中学分类教学计划，第一类是准备升入高等学校文史、财经、政法等科；第二类是准备升入高等学校理科、工科；第三类是准备升入高等学校医科、农科及生物学科。

根据这三类教学计划，工农速成中学在实行对工农干部实施中学基本课程教育的同时，还为他们进入高等院校做了直接准备。

在创办工农速成中学的同时，为了便于工农群众及其子女入学，地方各级人民政府除在工业城市、工矿区和农村中增办学校外，还在中等以上学校设置"人民助学金"，解决工农及其子女入学方面的困难。

1952年，中央教育部作出规定，中等学校工农子女入学比例，老解放区争取达到60%至70%，新区争取达到30%至50%。

1953年，教育部在高等学校招生工作中又规定，工农速成中学毕业生、产业工人、革命干部等，当他们考试成绩达到所报考系科的录取标准时，优先录取。

由于采取这些措施，1954 年全国小学生中工农成分的学生占学生总数的 82%。在普通中学中工农成分的学生超过总数的 60%。1953 年高等学校新生中工农家庭出身和本人是工农成分的占新生总数的 27.39%。

1955 年 7 月，教育部、高教部发出《关于工农速成中学停止招生的通知》，称：

> 实践证明，对工农干部文化科学知识的学习，不用循序渐进的方法，而用短期速成的方法，使之升入高等学校，从根本上说来，并不能达到预期的目的。

中共中央决定从当年起，工农速成中学停止招生，在校学生学习到毕业。1958 年，工农速成中学学生全部毕业，极大地支援了当时各行各业的建设。

广泛开展工农业余教育

1950年6月1日，政务院发布《关于开展职工业余教育的指示》（以下简称《指示》）。《指示》提出，开展职工业余教育是提高广大职工群众政治觉悟、文化与技术水平的最重要方法之一。职工业余教育的内容以识字教育为重点，争取在三五年内做到职工现有文盲一般能识1000字上下，并具有阅读通俗书报的能力。为此，各地工矿企业相继设立了工人文化补习班。

在农村，主要是学习老解放区的经验，开展冬学运动，利用冬季农闲之机，组织农民识字、学习政府文件、讨论发展生产的办法等。

1952年12月，中央教育部经政务院批准发布《关于开展农民业余教育的指示》（以下简称《指示》），要求有计划有步骤地开展农民业余教育，提高农民的文化水平。这也是当时我国文化建设上的重大任务之一。

《指示》认为，在提高农民的文化水平方面，成绩还不是很大，农民业余教育亟应加强。过去农民业余教育主要是采取冬学形式，为了更进一步使农民业余学习趋向经常化，必须争取条件，使这种季节性的业余学习逐步转变为常年业余学习，举办和坚持农民业余学校，辅以各种分散形式的和有专人领导的识字班或小组。

凡经过土改或农民生活初步改善的老区，首先推行识字运动，并配合时事、政策教育与生产、卫生教育。教育对象着重村干部、积极分子及青年男女，逐步推广到农民。争取在三五年内使农村干部及青年积极分子学会常用字 1000 字以上，具有初步读写的能力。参加农民业余教育初级班或高级班学习经考试合格者，发给毕业证书，与初小、高小的毕业证书有同等效力。

在全国各级政府组织下，农民业余教育蓬勃发展，到 1954 年，参加业余学校学习的农民达到 2330 多万人。

正当工农业余教育逐渐推行时，解放军西南军区某部文化教员祁建华创造了一种"速成识字法"，这种识字法使工农业余教育在短期内获得了大范围的快速进展。

祁建华在教解放军战士学文化时，摸索出一种简便快捷的教学方法，大体分为三步：

第一步，先学会注音符号和拼音，用注音字母作为辅助的工具。

第二步，大量突击生字，做到会读、初步会讲。

第三步，学习课文，学会阅读、写字、写话。

1951 年，西南军区在 12 675 名干部战士中试行祁建华的"速成识字法"，一般只要 15 天就能识字 1500 个以上，能读部队小学课本 3 册，能写 200 至 250 字短稿。

"速成识字法"满足了普及扫盲和短时见效的要求，是工农业余教育中摸索出来的成功经验。

1952 年 5 月，中央教育部发出《关于各地开展"速成识字法"教学实验工作的通知》，全国总工会也发出《关于在工人中推行"速成识字法"的通知》。

推行"速成识字法"后，全国城乡参加扫盲识字的学习人数大为增加。

到 1954 年，职工扫盲人数达 130 余万，农村扫盲人数达 850 多万，城市中各类劳动人民扫盲人数达 36 万。大规模的扫盲使一些大城市的工厂职工中基本上消除了文盲。

在农村中，也出现了一些"文化村"，农民扫除文盲后，精神面貌也为之改观。一些农村开始兴办图书馆、业余剧社等文化娱乐组织，不断丰富农民的业余生活。

"速成识字法"还对以后成人教育和小学教学中运用拼音加快识字提供了有益的经验。但推行"速成识字法"过程中也出现了采用突击的方式、过分强调"速成识字"的作用、方法上机械搬用公式、主观要求过高等问题。

"向工农开门"，大力发展工农教育，在方针和政策上为工农干部、工农青年及其子女提供入学受教育的机会，为更广大的工农劳动群众兴办各种夜校，开展扫盲运动，这一切构成了新中国教育的一个重要方面，是中国历史上空前的文化建设。

八、 少数民族教育

● 马叙伦在报告中指出：少数民族教育必须是新民主主义内容，即民族的、科学的、大众的教育，并应采取适合于各民族人民发展和进步的民族形式。

● 马叙伦在会上明确指出：发展各民族的文化教育是一项重大的任务，必须培养民族教育干部，培养各种师资，推行工农业余文化教育工作。

● 报告中规定：各地人民政府应按各民族地区的经济情况及教育工作情况另外拨付专款，帮助解决民族学校的设备、教师待遇、学生生活等方面的特殊困难。

召开全国少数民族教育会议

1951 年 9 月 20 日至 28 日，教育部在北京召开第一次全国民族教育会议。

参加这次会议的有中央与各大区、各有关省、自治区、直辖市教育行政部门负责人，少数民族教育工作者代表，包括蒙古族、藏族、回族、维吾尔族、哈萨克族、苗族、彝族、纳西族、白族、朝鲜族、高山族、满族、汉族等民族的代表 126 人。中央人民政府副主席朱德、政务院副总理郭沫若等到会场会见全体代表。

这次会议由教育部部长马叙伦致开幕词。马叙伦在报告中指出：

> 少数民族教育必须是新民主主义内容，即民族的、科学的、大众的教育，并应采取适合于各民族人民发展和进步的民族形式。

"少数民族教育"简称民族教育，便从此产生了。马叙伦在会上明确指出：

> 发展各民族的文化教育是一项重大的任务，必须培养民族教育干部，培养各种师资，推行

工农业余文化教育工作。

此后，马叙伦还多次在有关会议上强调工农群众文化补习、开展识字活动和扫除文盲的重要性。为此，马叙伦还特意筹办了《学文化》半月刊。

1951 年 1 月 23 日，马叙伦曾致信毛泽东，信中在谈到注音问题的同时，希望毛泽东能为该刊物题写刊名。毛泽东一向注重和提倡学习文化，也热切盼望广大劳动人民能提高文化水平，逐步实现知识化。

因此，毛泽东在接到马叙伦的信后，于 2 月 12 日，挥笔写了"学文化"三个字，并随字附了一封信：

夷初先生：

一月二十三日信收到。"学文化"三字照写，不知可用否？注音问题采取慎重考虑的态度是对的，我亦尚无成熟意见。

马叙伦接到信和"学文化"的题词后，深感毛泽东对中国文字的注音等问题十分重视，自己也应该慎重行事，便将毛泽东的题词作为《学文化》半月刊的刊名。

在这次全国民族教育会议上，还讨论了中国少数民族教育工作的方针与发展少数民族教育的措施。

会议确定当时全国少数民族教育工作应以新民主主义为内容，根据各民族地区的实际情况，分别采取巩固、发展、整顿、提高的方针。全国少数民族教育应该以爱国主义教育为主要内容，克服大汉族主义与狭隘民族主义，首要任务是培养少数民族干部。

会议确定今后发展和整顿的重点应放在小学，并注意发展青年和成人的识字教育、补习教育。凡是通用文字的少数民族，小学和中学必须用本民族的语言文字教学。对尚无文字和文字不完备的民族，人民政府应帮助他们创立和充实文字。少数民族各级学校，应根据自愿原则和需要开设汉文课。会议对少数民族教育的师资培养、课程、教材以及少数民族学生的待遇进行了讨论。

这次会议通过了《关于加强少数民族教育工作的指示》《关于建立少数民族教育行政机构的决定》《培养少数民族师资试行方案》《少数民族学生待遇暂行办法》等四个文件，极大地促进了少数民族教育事业的发展。

发布关于民族教育的法规

1951 年 11 月 23 日，政务院批准《关于第一次全国民族教育会议的报告》（以下简称《报告》），《报告》中规定：

> 各地人民政府除按一般开支标准拨给教育经费外，还应按各民族地区的经济情况及教育工作情况另外拨付专款，帮助解决民族学校的设备、教师待遇、学生生活等方面的特殊困难。

这是有关民族教育经费优先保障的政策。

少数民族地区与全国其他地区相比，民族教育的起点低、基础薄弱。因此，中华人民共和国成立后国家就一直对民族教育进行专项补助，实行民族教育经费优先保障政策，并强调为少数民族教育设立的专项经费不能挪作他用。少数民族学生除享受汉族学生所享受的有关资助政策外，还享受额外的照顾政策。

《报告》还指出：

> 关于少数民族教育中的语文问题，会议规定凡有现行通用文字的民族，如蒙古、朝鲜、维吾

尔、哈萨克、藏族，小学和中学的各科课程必须用本民族语文教学。有独立语言而尚无文字或文字不全的民族，一面着手创立文字和改革文字；一面得按自愿原则，采用汉族语文或本民族所习用的语文进行教学。各少数民族的各级学校按照当地少数民族的需要和自愿设汉文课。

在创制和推行少数民族文字的过程中，人们对民族语文使用的客观规律有了比较清楚的认识，并积累了有益的教学经验，为以后的双语教育研究提供了许多可以借鉴的材料和经验。

中华人民共和国成立后，国家先后发布一系列关于民族教育的法规。

1951 年 11 月 23 日，政务院第 112 次政务会议批准发出《关于加强少数民族教育工作的指示》，规定了发展少数民族教育的总方针政策。

1952 年 4 月 16 日，政务院发出《政务院关于建立教育行政机构的决定》。这是为了加强对民族教育工作的领导，规定在教育行政部门内，从中央到地方都要设置专门管理少数民族教育的行政机构或专职人员。

1951 年 11 月 23 日，政务院批准的《少数民族学生待遇暂行办法》和 1953 年 3 月 21 日发出的《教育部关于少数民族教育补助费使用范围的指示》规定，对少数民族地区，除了一般教育经费之外，增设少数民族教育事业补助费，以满足少数民族教育事业的特殊需要，并对少数民族学生的生活待遇采取了一些特殊的照顾措施。

1952 年 11 月 9 日，政务院发出《政务院关于少数民族毕业生分配工作的指示》。规定在学校的设立和学生的升学方面，对少数民族采取特殊照顾的办法，包括在人口居住分散的牧区和山区开班设校学生人数定额外，各类学校招生时放宽入学年龄和降低录取标准，以及除了民族院校之外，一般学校还设立民族班、预科班等。同时，对少数民族毕业生分配工作，也有照顾办法。

1951 年 11 月 23 日，政务院批准《培养少数民族师资试行方案》和 1956 年 7 月 20 日发出的《教育部关于抽调初中、师范教员和教育行政干部支援西藏的通知》中规定，国家采取一系列措施，大力解决发展少数民族教育事业所需要的师资，并有计划地抽调一部分汉族教师支援少数民族地区发展教育事业。

一系列的措施和规定，有力地促进了少数民族教育的发展。

20 世纪 50 年代以后，在少数民族地区实行了双语教育模式。双语教学在我国的教学实践中主要有两种情况，一种是像大小凉山彝族的双语教育那样，既有汉语课本，也有彝语课本，儿童获得的语言知识、文化体系都是双重的；另一种双语为中国大多数少数民族所采用，他们没有或者不常用自己的文字，使用全国统一的教材和教学大纲，教学过程中用少数民族语和汉语同时教学，并

117

以少数民族语作为过渡语言，最终达到完全的汉语教学效果。云南省石林景区东北方向 10 公里处的月湖村便属于后一种情况。

在传统教育与现代学校教育之间，撒尼人就进行着一场"强势"与"弱势"文化间的竞争。学校教育与传统教育是两个完全不同的教育模式，它们有着不同的教育场所、规范、内容等，但它们之间并不是格格不入的。

撒尼人传统教育的内容，主要是传授与本族群有关的传统风俗习惯、伦理道德观念、价值体系、迁徙历史、生产生活技能以及本民族的语言等。

与其他许多民族的传统教育一样，撒尼人的传统教育采用的是口传心授、言传身教的传授模式，炕头灶前、田间地头，无不成为其开展教育的场所，传授知识的时间也没有统一的规定，而传授生产生活知识是家庭教育的基本内容。

传统教育与现代学校教育构成了撒尼人教育的主要内容，这是一种文化双重性的体现。第一重性是在教育的各个方面首先考虑和适应本民族文化环境、本民族的发展需要，体现民族特色。第二重性则是为在教育的各个方面还要兼顾以主体民族为主的统一国家的发展需要，在某种程度上受到以主体民族为主的各民族共同的大文化背景的影响。

国家制定的各项有利于少数民族教育发展的法规、政策，以及各少数民族自身传统教育的发展，促进了全国范围内的教育大繁荣和大发展。

本书主要参考资料

《国史全鉴》 本书编委会编 团结出版社

《共和国五十年珍贵档案》 中央档案馆编 中国档案
　　出版社

《中国现代史资料选辑》 彭明主编 中国人民大学出
　　版社

《1949 大开国》 凌志著 广西人民出版社

《开国部长》 文辉抗 叶健君编著 湖南人民出版社

《中国革命史小丛书》 郭军宁编写 新华出版社

《共和国开国岁月》 张国星 何明著 中共党史出版社

《风云七十年》 郭德宏主编 解放军文艺出版社

《中南海三代领导集体与共和国科教实录》 岳庆平主
　　编 中国经济出版社

《正道上行——马叙伦传》 余丽芬著 浙江人民出
　　版社